Die Frau in meinem Spiegel

Ana Fay

Die Frau
in
meinem Spiegel

Bibliografische Information der Deutschen Nationalbibliothek
Die Deutsche Nationalbibliothek verzeichnet diese
Publikation in der Deutschen Nationalbibliografie;
detaillierte bibliografische Daten sind im Internet über
http://dnb.d-nb.de abrufbar.

Satz, Umschlaggestaltung, Herstellung und Verlag:
Books on Demand GmbH, Norderstedt
ISBN: 978-3-8334-8720-0

Die Frage ist oft nur, wie sehr ist man bereit,
sich selber kennenlernen zu wollen?
Könnte es nicht sein, dass man im Spiegel nachher
ein ganz anderes Gesicht sieht?
Manchmal bist du glücklich darüber.
Du hast eine wundervolle neue Seite entdeckt.
Aber was du siehst,
wird dir nicht immer nur gefallen!
Und dann?

Inhaltsverzeichnis

Prolog

Ein Schauder durchfuhr ihren Körper. Durch die Frontscheibe drangen die ersten Strahlen der Frühlingssonne und liessen Schatten auf ihrem Gesicht wandern. Die Hände gegen das Steuerrad gestemmt, warf sie den Kopf in den Nacken und dehnte den Oberkörper durch, wobei sich die schwarze Bluse über ihren Brüsten spannte. Mit einem tiefen Seufzer liess sie sich in den Sitz zurückfallen. Diese Staus waren schrecklich. Sie zwangen einem zum Nachdenken. Amanda blickte in den Rückspiegel, strich die widerspenstige Haarsträhne aus den Augen und setzte die Sonnenbrille auf. Morgaine?

Morgaine hätte jetzt einfach geschwiegen, und das wäre richtig gewesen. „Worte sagen nichts", hatte sie einmal gesagt. Morgaine hatte manchmal in Rätseln gesprochen, und wer sie zu lösen vermochte, fand immer eine Wahrheit.

Endlich konnte sie in die Einfahrt einbiegen und den Wagen zwischen den spriessenden Bäumen parkieren. Der Motor starb ab. Amanda angelte nach ihrer Handtasche auf dem Nebensitz und stieg aus dem Wagen. Einen Moment hielt sie inne. Aber da war nichts. Nichts. Wieso nur?

Der Weg bis zum eisernen Tor war weit. Es stand offen. Einladend, bedrohlich, endgültig. Das Kies knirschte unter ihren hochhackigen Schuhen, als sie Schritt für Schritt, den langen, von Bäumen gesäumten Weg darauf zuging.

Vor der kleinen Kirche hatten sich die andern versammelt. Jetzt gab es kein Zurück mehr. Die gedämpften Stimmen klangen plötzlich von weit her. Jemand sagte: „Gut, dass du da bist, wir haben auf dich gewartet." Sie sah die weiche, runzlige Hand auf ihrem Arm und zuckte zusammen. „Ja..." „Geht's?" „Ja!" Ein kleiner Zug von Menschen schritt schweigend den dunklen, kühlen Gang entlang und verteilte sich links und rechts in die hölzernen Bänke. Amanda liess sich in der vordersten Reihe auf der harten Fläche nieder. Und hier sass sie, allein. Sie hörte sich atmen, sie fühlte ihren Herzschlag und Steine im Bauch. Und da war noch etwas anderes. Etwas, das sie nicht verstehen konnte und doch klar erschien. Ihre Augen starrten auf den hölzernen Sarg vor dem Altar und dann auf das weisse Gesicht. Morgaine lächelte ein bisschen, als ob sie in einen wunderschönen Traum versunken wäre. Jemand hatte ihr dunkelbraunes Haar gebürstet. „Morgaine", flüsterte sie, und jetzt klang es wie ein Gebet. Sie war da. Und mit ihr kamen endlich die Tränen. Unaufhaltsam.

Niemand beachtete den Mann, der in diesem Moment das Innere der Kirche betrat und sich in der letzten Reihe niederliess. Er kam zu spät.

Kapitel 1

Es war nicht ganz so, wie sie sich das vorgestellt hatte. Es war sogar ganz anders. Aber das war in Ordnung für sie.

Regenschauer und ein kalter Luftzug empfingen sie, als Morgaine etwas benommen von der langen Reise aus der Bahn auf den Bahnsteig trat. Der Wind durchfuhr den dünnen Stoff ihrer Jacke, die Regentropfen verfingen sich in ihrem dunkelbraunen Haar. Ihr Blick glitt über den Bahnsteig. „Seltsam", dachte sie und schleppte die schwere Reisetasche zur nächsten Sitzbank. Vielleicht war ihrer Grossmutter etwas dazwischengekommen, sie würde warten. Die Bank war nass, obwohl sie unter dem Dach des Bahnhofgebäudes stand. Sie tastete nach einem Taschentuch in ihrer Jackentasche, als hinter ihr ein fröhliches „Du musst Morgaine sein!" erklang. Sie drehte sich um und blickte in zwei strahlend blaue Augen. „Ja...!", antwortete Morgaine verwirrt. Sie hatte eine gebrechliche Frau erwartet, stattdessen stand hier eine überaus vitale Dame. „Bist du gut gereist? Komm, mein Wagen steht da vorne."

Morgaine runzelte die Stirn. „Sie...ich meine, du fährst noch? Ich dachte, wir nehmen den Bus oder so..." „Aber natürlich fahre ich noch", entgegnete ihre Grossmutter und lächelte.

Die Fahrt dauerte schon eine halbe Stunde und die Strasse führte durch die karge Landschaft. An manchen Stellen lag noch Schnee, so, als sei eine riesengrosse Schneeflocke hier und dort vom Himmel gefallen. Jetzt drang sogar die Sonne durch die Wolken und liess die Landschaft in einem gespenstischen, grellen Licht erscheinen. Sie sprachen nichts, sondern genossen die Stimmung und die Ruhe, bis Morgaine eine Frage auf der Zunge brannte: „Wohnst du ganz alleine hier draussen?" „Nicht ganz alleine, nein. Etwa zwei Kilometer entfernt wohnt ein Herr, ein sehr netter, Monsieur Dubois. Vor drei Monaten ist seine Frau gestorben." „Hat er keine Kinder?", wollte Morgaine wissen. „Doch, Robert wohnt noch bei ihm. Sie führen zusammen eine Pferdezucht. Ellie ist in die Stadt gezogen. Sie sind etwa in deinem Alter. Robert ist neunundzwanzig und Ellie zwei Jahre jünger. Vielleicht lernst du sie kennen, sie sind sehr nett, wirklich. Ich glaube, du würdest dich gut mit ihnen verstehen." Anne schwieg und Morgaine fragte sich, warum ihre Grossmutter sich so sicher war.

„Ich freue mich sehr, dass du gekommen bist, Morgaine!" Morgaine spürte, dass ihre Grossmutter diese Worte ernst meinte. Sie fühlte sich wohl in der Gegenwart dieser Frau und antwortete mit derselben Aufrichtigkeit: „Ja, ich freue mich auch!"

„Schau, wir sind gleich da!" Tatsächlich tauchte hinter einem Hügel ein Haus auf. Morgaine war überrascht. Wie gross es war, irgendwie majestätisch. „Wie meine Grossmutter", dachte sie. „So, wir sind da, herzlich willkommen!"

Ihr Zimmer, eins der Gästezimmer, war gross, hell und duftete nach frischer Bettwäsche. Das Fenster stand einen

Spaltbreit offen und die hellblauen Vorhänge bewegten sich sachte im Wind. Sie blieb an der Türe stehen. Links stand ein grosses Doppelbett, auf dem Nachttisch ein Strauss mit gelben und weissen Blumen. Ein Lächeln huschte über ihr Gesicht. Sie trat ins Zimmer und lächelte noch immer. Sie trat zum Fenster, um es zu schliessen, denn es war kühl im Raum. Aber anstatt die Fensterflügel zu schliessen, öffnete sie sie. Soweit sie sehen konnte, sah sie Wiesen, Berge, kein anderes Haus. Eine einzige Strasse führte vorbei, tauchte hinter einem Hügel auf und verschwand auf der andern Seite in einer Kurve. Morgaine atmete tief ein. Ausser einem Vogel, der den Frühling verspürte und seine Melodien sang, war es still. Dann zerstörte dieses knatternde Geräusch die Stille und ein roter Wagen tauchte auf. Er bog sogar in die Einfahrt ein. Morgaine trat einen Schritt zurück und beobachtete, wie ein blondhaariger Mann aus dem Auto stieg. Sein Haar war ein wenig zerzaust. Er trug einen dunkelblauen Pullover und Jeans. Er schloss die Türe des Wagens und ging den Weg zur Haustüre. Morgaine fühlte ein leichtes Kribbeln im Bauch. Und im selben Moment blickte der Mann zu ihr hoch. Er musste sie gesehen haben, aber er schaute gleich wieder weg. Morgaine trat ebenfalls einen Schritt zurück. Wer war das? Grossmutter hatte nichts von einem weiteren Besuch gesagt. Aber das musste sie ja auch nicht, es war ja schliesslich ihr Haus. Sie schloss das Fenster, drehte sich um und ihr Blick wurde magisch angezogen von einem Bild. Sie ging darauf zu. Der Maler hatte sehr präzise gearbeitet, leider fand sie keinen Namen. Daneben hing ein Spiegel. Gross und schwer, mit einem silbernen Rahmen. Sie sah sich darin. „Ich muss mehr essen!“, dachte sie.

Auf der Suche nach ihrer Grossmutter fand sie im Salon nur den jungen Mann. Er sass am Tisch und reparierte eine Küchenuhr. Wahrscheinlich hatte ihn ihre Grossmutter deswegen hergebeten. Abrupt wandte er sich um und stand auf, wobei der Stuhl scheppernd zur Seite fiel. „Pardon, äh, ich bin Robert. Freut mich!" Er streckte ihr die Hand hin und sein Blick glitt schnell an ihrem Körper hinunter. Morgaine fühlte sich sogleich unangenehm berührt. „Du musst Morgaine sein." „Ja!", erwiderte sie etwas steif und erinnerte sich, dass ihre Grossmutter am Bahnhof genau dasselbe gesagt hatte. Was wusste Robert sonst noch von ihr? „Deine Grossmutter hat mir erzählt, dass du heute angekommen bist, ich wusste, dass sie eine Enkeltochter hat. Aber eine so hübsche!" Eine leichte Röte überzog sein Gesicht und Morgaine sah ihn durchdringend an. Dann wich sie seinem Blick aus. „Hab ich etwas Falsches gesagt?", fragte Robert schnell. „Nein. Kein Problem!" Morgaine schüttelte den Kopf und stand noch immer steif im Raum. „Komm, setzt dich doch. Hattest du eine angenehme Reise?", fragte Robert. „Ja, danke." Morgaine liess sich am runden Esstisch nieder. Sie schwiegen beide. „Schau mal dort." Er zeigte auf eine alte, dunkle Kommode, welche unter dem Fenster stand. „Das bist du." Ihr Blick glitt zu einem Foto. Hier schienen alle mehr über sie zu wissen als sie selber. Aus der Ferne konnte sie die Details nicht erkennen, aber das Bild zeigte zweifellos sie. Es war vor dem Haus, in welchem sie aufgewachsen war, aufgenommen worden. Sie war etwa zwei Jahre alt. In einem Röcklein lachte sie in die Kamera. „Ja, tatsächlich. Das ist aber lange her. Woher hat sie wohl dieses Bild?" „Keine Ahnung! Sie hat selten von euch gesprochen." „Ich hatte fast keinen Kontakt mit Grossmutter. Meine Mutter wollte nie darüber sprechen, ich weiss nicht, warum. Irgendwann habe ich dann aufgehört zu fragen. Wir wohnen in der Schweiz und meine Grossmutter ist hier in Südfrankreich. Die beiden wohnen so weit auseinander, da ist es nicht schwer, den Kontakt zu vermeiden. Und meine Mutter hat sich grosse Mühe gegeben, genau das zu tun." Sie bemerkte überrascht, wie verbittert diese Worte klangen und dankte Robert im Stillen, dass er jetzt keine Fragen stellte.

„Wir wohnen ganz in der Nähe, ich würde mich freuen, wenn du mich besuchen kommen würdest." Robert blickte ihr geradewegs in die Augen. Sie waren graublau. „Ja, das würde ich gerne tun." Morgaine lächelte und ihr wurde bewusst, dass es das erste Lächeln war seit Robert hier war.

Grossmutter trat ein mit einem Tablett dampfenden Tees und einem Teller Kuchen.

„Ah! Anne, du bist die Beste!", rief Robert und streckte ihr die Hände entgegen. „Genau das brauche ich jetzt!" Morgaine dachte dasselbe, äusserte sich aber zurückhaltender: „Danke!" „Anne, du hast eine tolle Enkelin!" Robert griff nach einem Stück Kuchen. „Honigkuchen", brummte er zufrieden.

Nachdem Robert gegangen war, nicht ohne Morgaine noch einmal zu fragen, ob sie ihn bestimmt besuchen würde, sassen sie und Anne im gemütlichen Wohnzimmer in den grossen, weichen Sesseln. Mittlerweile war es Abend und im Cheminée prasselte ein Feuer. Anne strickte und Morgaine betrachtete die Flammen, welche gierig nach dem Holz züngelten. „Morgaine, du bist sicher müde?" Anne berührte ihre Enkelin sanft an den Schultern. Morgaine schreckte auf. Sie hatte eine seltsame Vision gehabt. Ein Kind, das lachend über eine Wiese rannte, aber immer wieder stolperte und verzweifelt nach den Blumen griff. Sie seufzte. „Ein bisschen." Sie zögerte. „Anne, hast du nur dieses eine Foto von mir?" „Ja, ich habe nur das." „Hast du welche von meinen Geschwistern oder meiner Familie?" „Nein", erwiderte Anne kurz. „Warum?" In Morgaine stieg Enttäuschung auf. „Dein Vater hat mir dieses eine Foto gebracht. Ich habe ihn darum gebeten. Ich hätte sonst keine Ahnung gehabt, wie meine Enkeltochter aussieht", gab Anne zur Antwort. Morgaine stutzte. „Mein Vater? Aber... das kann nicht sein, er ist doch tot! Er ist gestorben, als ich klein war. Bei einem Unfall. Das müsstest du doch wissen... Ich kann mich nicht an ihn erinnern." Anne schwieg. Morgaine spürte, dass sie nach Worten suchte. Dann antwortete sie langsam: „Nein. Dein Vater ist nicht tot, er lebt hier in Frankreich. Leider nicht gerade in der Nähe." Morgaine starrte verwirrt auf ihre Grossmutter. „Es tut mir leid, Morgaine. Das, was deine Mutter dir erzählt hat, war eine Lüge. Dein Vater lebt." Morgaine schwieg. Das Ticken der Uhr füllte den Raum.

„Aber... aber warum?", fragte Morgaine. Sie stand auf und ging zum Fenster. Anne sagte: „Es war keine leichte Entscheidung für ihn!" Morgaine starrte sie durchdringend an. "Was heisst das?" Ihre Frage klang scharf. „Er hat sich in eine andere Frau verliebt. Als du knapp zwei Jahre alt warst, hat er deine Mutter und euch verlassen. Er hat sich für ein neues Leben entschieden. Mit dieser neuen Frau, hier in Frankreich. Es war eine furchtbare Zeit für ihn, er liebte euch Kinder sehr, auch deine Mutter. Aber die Entscheidung musste gefällt werden. Und er

entschied sich für dieses Leben hier. Deine Mutter muss furchtbar verletzt gewesen sein. Vielleicht hat sie diese Lüge erfunden, um sich zu schützen. Um endgültig Abschied nehmen zu können. Ich weiss es nicht. Du warst zu klein, um etwas davon mitzubekommen zu können. Eines Abends kurz nach seiner Abreise haben wir uns am Telefon gestritten. Sie konnte nicht akzeptieren, dass ich die Entscheidung meines Sohnes guthiess. Sie hat mir zu verstehen gegeben, dass ich aus ihrem Leben verschwinden, dass ich auch euch in Ruhe lassen soll. Ich wollte sie nicht provozieren, ich wollte euch nicht in diese Sache hineinziehen, mich nicht zwischen dich und deine Mutter stellen und hab mich ihrem Wunsch gefügt. Da ich so weit weg wohne, war das Einhalten dieser Distanz nicht schwierig. Vielleicht war es ein Fehler, Morgaine! Vielleicht war ich feige. Vielleicht hätte ich dafür sorgen müssen, dass ihr die Wahrheit erfährt. Damals hielt ich es für besser, es nicht zu tun." Anne stiess einen schweren Atemstoss aus. Morgaine hatte Mühe, diesem langen Monolog zu folgen. Sie griff sich an die Stirn. „Und warum sagst du es mir jetzt?"
„Ich will nicht mehr schweigen. Ihr Kinder habt ein Recht auf die Wahrheit", antwortete Anne. Morgaine blieb vor dem Fenster stehen, sie lehnte sich an den Fenstersims. „Meine Mutter hat mir gesagt, dass du meine Hilfe brauchen würdest, weil du Schmerzen hättest. Ich solle dich unterstützen. Es war das erste Mal, dass sie dich von sich aus erwähnte. Sie wollte nicht reden. Sie wollte nie reden. Ich habe mir manchmal vorgestellt, wie du aussiehst, wer du bist, aber ich habe diese Fragen aufgegeben. Ich wollte dir telefonieren, aber ich habe keine Nummer gefunden. Und ich wusste nicht, wo du wohnst." Morgaine liess sich

auf einen Stuhl sinken, fühlte sich aber erstaunlich gefasst. „Hast du noch Kontakt zu ihm? Zu meinem...Vater?" „Ja, ab und zu telefonieren wir", sagte Anne. „Hat er jemals nach mir gefragt?" „Ja, das hat er. Aber ich wusste leider nicht, was ich antworten sollte, weil ich keinen Kontakt zu euch hatte. Ich wusste nicht, wie es euch geht. Es tut mir leid, Morgaine!", antwortete Anne leise.

Anne lauschte dem Zirpen der Grillen, das wirkte beruhigend. Trotzdem konnte sie nicht einschlafen. Sie lag im Bett und betrachtete ihre kreisenden Gedanken. Dass sie Morgaine die Wahrheit hatte sagen können, entlastete sie von einem Druck, welchen sie in den letzten Monaten mehr und mehr auf ihren Schultern und im Herzen gespürt hatte. Das war auch der Grund gewesen, weshalb sie nochmals einen Vorstoss gewagt und Morgaine zu sich eingeladen hatte. Eigentlich hätte sie ihre Enkelin nicht schon am ersten Abend mit dieser Geschichte konfrontieren wollen. Aber Morgaine hatte eine unausweichliche Frage gestellt und Lügen waren jetzt endgültig fehl am Platz. Anne machte sich Sorgen um ihre Enkelin. Wie würde sie mit dieser Nachricht umgehen? Konnte sie ihrer Mutter verzeihen? Konnte sie ihr verzeihen? Und würde es möglich werden, dass Morgaine ihren Vater kennenlernen konnte, jetzt, nach so vielen Jahren? Wollte Morgaine das überhaupt? Morgaine hatte ihr keinen Vorwurf gemacht. Obwohl sie dazu guten Grund gehabt hätte. Das Gespräch hatte Morgaine tief getroffen, das war spürbar gewesen. Aber ihre Enkelin hatte darauf erstaunlich ruhig und gefasst reagiert. War das ein Zeichen ihrer Reife? Ja, Morgaine hatte gelernt, Verantwortung zu tragen und mit schwierigen Situationen umzugehen, sie sachlich zu analysieren und sachlich zu handeln. Als Älteste dreier Geschwister musste sie sich schon früh in der Mutterrolle zurechtfinden, als Krankenschwester die Ruhe bewahren. Aber das hier war doch etwas anderes. Oder etwa nicht?

Kapitel 2

Amanda lag noch wach. Das Zimmer war erleuchtet vom Mond, ansonsten herrschte Stille. Kurzes Wasserrauschen einer Toilette, Stimmengemurmel aus dem Nachbarzimmer, Stille. Tanzende Schatten, weisse, flackernde Bilder, wenn ein Fahrzeug vorbeifuhr.

Es waren nicht mehr viele um diese Zeit, obwohl das Motel an der Hauptstrasse stand. Aber wer verirrte sich schon in diese Gegend nach Mitternacht? Verrückte oder solche mit Liebeskummer, weil sie in der Einsamkeit Trost suchten, hatte Brian gemeint. Liebeskummer, was für ein Schwachsinn! Blieben die Verrückten, da war sie nicht abgeneigt dazuzugehören. Oh nein, sie wäre sogar stolz darauf.

Neben ihr schnarchte Brian. Sie hatten zusammen geschlafen, danach hatte er sich weggedreht und war sofort abgetaucht. Typisch. Aber das fand sie nicht beklagenswert, auch nicht enttäuschend. „Du hast deine Sache nicht übel gemacht, mein Kleiner", flüsterte sie.

Amanda hatte alles, was sie sich wünschte. Geld und meistens einen gutaussehenden Mann an ihrer Seite. Sie war frei, konnte tun und lassen, wie es ihr beliebte. Das war ihr Leben!

Sie wusste, sie hätte jeden Mann haben können, wenn auch nur für eine Nacht. Mehr wollte sie nicht. Meistens jedenfalls. Die meisten Männer wurden langweilig, andere hatten plötzlich Ansprüche auf eine feste Beziehung. Ihre blonden langen Haare, die blauen Augen und nicht zuletzt ihr makelloser Körper brachten jedes wehrlose Männerherz in helle Aufregung. Ihr Plan verlief jedes Mal perfekter. Ein Blick, eine Geste, ein Lächeln, das genügte und der Fisch zappelte an der Angel. Von seinem Schicksal bekam das nach Atem ringende Opfer in der Hitze des Gefechts nichts mit. Und nachher war es sowieso zu spät.

Sie blickte auf Brian, sein Mund stand offen und sie fragte sich, wie lange der Zauber noch halten würde. Spätestens nach dieser Reise würden sich die Wege wieder trennen. So oder so. Sie würde das Spiel gewinnen. So war es immer gewesen und es würde nicht anders werden. Das war klar.

Amanda war frei. Nichts band sie, keine Familie, keine Verpflichtungen, kein Job. Den hatte sie hingeschmissen. Wozu bitte schön, sollte sie arbeiten, wenn ihre Eltern ihr jeden Monat das nötige Kleingeld auf ihr Konto überwiesen? Sie dachte an ihre Mutter. Bestimmt war sie auf einer Party der High Society mit einem Glas Champagner in der Hand und säuselte einem Herrn im schicken Anzug ins Ohr: „Finden sie es nicht auch umwerfend, dieses Haus mit diesem herrlichen Garten, bla bla bla." Typisch, ekelhaft. Tagsüber die knallharte Geschäftsfrau und nachts die erotische Verführerin. Von letzterem bekam ihr Vater aber ziemlich sicher nicht oft in Genuss. Ihr Dad sass wahrscheinlich gerade in der Business Class der American

Airlines von Singapur nach Tokio oder so. Geschäftlich unterwegs, nannte man das.

Amanda war nicht wie ihre Eltern, oh nein! Sie wollte das Leben geniessen.

Und genau das tat sie jetzt. Hatte sie schon immer getan. Seit einem Monat, oder waren es zwei, waren Brian und sie unterwegs. Sie waren einfach losgefahren. Ohne Ziel. Sie flogen von den Staaten hierher nach Europa und fuhren mit einem Auto durch Städte und einsame Gebiete. Die Freiheit lag vor und hinter ihnen. Ja, vielleicht waren sie verrückt. Aber wen kümmerte das schon?

Diese Hitze! Brian hatte seine Sache wirklich gut gemacht.

Ein Nachthemd überzustreifen empfand sie als überflüssig und tappte splitternackt ins Badezimmer. Das kühle Nass tat gut und als sie aufblickte und ihr Atem den Spiegel beschlug, dachte sie: „Meine Haut ist so fahl. Ich brauche eine andere Gesichtscreme."

„Kannst du nicht schlafen?", fragte Brian und gähnte herzhaft, nahm sich aber nicht die Mühe, die Hand vor den Mund zu halten. Das fand Amanda ekelhaft. „Komm noch ein bisschen zu mir, meine Königin. Ich muss dich etwas fragen, wenn ich jetzt nicht den Mut habe, werde ich ihn niemals haben." Liebevoll zog er sie an sich und küsste sie.

„Amanda, willst du mich heiraten?" Ach du meine Güte! Damit hatte sie nicht gerechnet, es gehörte nicht in ihren Plan. Sie starrte zur Decke, um Zeit gewinnen zu können. „Amanda..."

„Brian, wir kennen uns doch erst zwei Monate. Ich... ich kann nicht." „Warum nicht?" Seine Stimme klang lahm.

Schweigen. „Vielleicht habe ich dich überfahren. Lass dir Zeit." „Ja. Genau. Ich brauche Zeit." Sie war froh, damit das Thema so schnell vom Tisch gewischt zu haben. Brian sagte nichts mehr.

Nein, sie wusste, es war nicht die Zeit, die sie brauchte. Nicht morgen, nicht übermorgen, niemals würde Brian ihr Jawort bekommen. Niemals.

Die Stimmung am Frühstückstisch entsprach nicht gerade dem, was man sich unter Reisestimmung vorstellte. Brian zerbröselte mit dem Zeigefinger Brotkrümel auf dem Tischtuch. Amanda schlürfte an einer Tasse Kaffee und gab sich die grösste Mühe, ein heiteres Gesicht zu machen. Sie wollte das Gespräch der letzten Nacht so schnell als möglich vergessen, am liebsten ungeschehen machen. Nur wie? Sie nahm die Speisekarte und begann darin zu blättern. „Oh, das möchte ich probieren! Sieh mal Brian, die haben..."

Brian riss Amanda die Karte aus der Hand. Ihr Es-ist-ja-alles-in-Ordnung-Getue brachte ihn auf die Palme. „Jetzt hör mir zu! Du verstehst mich nicht, Amanda! Ich will eine Zukunft. Eine Zukunft mit dir." Amanda kniff den Mund zusammen. „Hast du dazu wirklich nichts zu sagen?" Schweigen. Brian verlor die Geduld. „Also gut! Komm, wir fahren jetzt!" Es klang weniger wie ein Befehl, vielmehr wie eine resignierte Feststellung.

Brian sass am Steuer und starrte auf die Strasse. Die Anspannung stand ihm ins Gesicht geschrieben. Sie hatten das Gepäck eingeladen und waren losgefahren, ohne das heikle Thema nochmals anzuschneiden. Amanda räkelte sich im Sitz und summte vor sich hin. „Oh Brian, sieh mal, da vorne steht ein kleiner Laden. Ich möchte anhalten!" Brian seufzte, setzte aber doch den Blinker, bog ein, trat auf die Bremse und parkierte den Wagen auf dem Kiesplatz. Amanda schenkte ihm ein zuckersüsses Lächeln und kletterte aus dem Fahrzeug. Mit einem „Bin gleich wieder da!" rauschte sie Richtung Eingang. Ihr hellblaues Kleid flatterte um ihre langen Beine. „Sie ist wunderschön!", murmelte Brian. Er beobachtete, wie sie sich mit einem Mann unterhielt, wahrscheinlich war es der Ladenbesitzer. Er schielte unverhohlen in ihren Ausschnitt. Brian stöhnte. Er schloss die Augen und atmete tief ein. Durch die offene Autotüre drang frischer Wind.

Er musste wohl eingeschlafen sein, denn jäh schreckte er hoch, als er unsanft geschüttelt wurde. „Das musst du dir ansehen!" Brian öffnete die Augen und wollte widersprechen, aber der Anblick, welcher sich ihm bot, liess ihn verstummen. Amanda hatte sich über ihn gebeugt, ihre Augen glühten. Unter dem Kleid hatte sie keinen BH an, das sah er nun deutlich. Gierig zog er sie an sich und küsste sie heftig. Seine Hände fuhren unter ihr Kleid und umfassten ihre Brüste. „Mach schnell!", keuchte Amanda.

Wieder auf der Strasse versuchte er, seine Gedanken zu ordnen, während Amanda sich das Gesicht mit Sonnencreme einschmierte. Sie war munter wie eh und je, der kurze Zwischenfall vorhin schien ihr noch eine Extraportion Energie zugeführt zu haben. Dann grübelte sie in ihrer Handtasche und zog einen Sack hervor. „Das ist unglaublich, Brian! Ich habe noch nie so grosse Aprikosen gesehen.

Willst du auch eine?" Sie streckte ihm die orange Frucht unter die Nase. „Ich muss mich auf die Strasse konzentrieren." Er schob ihre Hand weg. „Ach! Du..." „Amanda, bitte!" Sein Ton liess sie verstummen. „Na, gut, dann eben nicht." Sie biss herzhaft zu, wobei der Saft auf ihr Kleid tropfte, was sie mit einem Schulterzucken zur Kenntnis nahm. „Im nächsten Dorf muss ich mir ein neues kaufen." „Was, ein neues?", fragte Brian teilnahmslos. „Ein neues Kleid." Brian seufzte.

„Brian, pass auf!" Amandas Schrei riss ihn aus den Gedanken. Er sah noch die Felsmauer auf ihn zukommen. Dann wurde es schwarz.

Kapitel 3

„Oh Mann...!" Amanda stöhnte. „Was ist los?" Wie ein Blitz durchzuckte ein Schmerz ihren linken Arm, ihr wurde übel. Mit aller Kraft kämpfte sie gegen den Schwindel. Sie sah die zertrümmerte Windschutzscheibe. Wie ein riesiges Spinnennetz durchzogen die Risse die Scheibe. An ihren blonden Haarsträhnen klebte Blut. Mit der rechten Hand tastete sie nach der Stirn, der Nase, dem Mund. Sie atmete auf, nichts schien gebrochen oder verletzt zu sein, aber sicher war sie sich nicht. Nur, woher kam dann das Blut? Ein Schmerz durchfuhr ihre Hand. „Amanda..." erst jetzt bemerkte sie Brian, der eingeklemmt hinter dem Steuerrad zusammengesunken war. „Hol Hilfe, ich kann nicht..." Er röchelte und rang nach Atem. „Wo soll ich denn in dieser Gegend Hilfe holen? Da ist doch niemand! Brian...?" Sie schüttelte ihn heftig. Das hätte sie nicht tun sollen, denn jetzt bekam sie keine Antwort mehr.

Anne Fleury und Morgaine erledigten den Abwasch. Sie wollten nachher in die Stadt fahren, um Setzlinge für den Garten zu kaufen. Anne stand am Spülbecken und schrubbte eine Pfanne, während Morgaine abtrocknete. Gedankenverloren strich sie schon etwa eine Minute lang an derselben Stelle herum. Anne seufzte innerlich, schuldbewusst. Die Geschichte mit ihrem Vater schien sie doch sehr zu berühren. Sie hatte sich darauf vorbereitet, dass sie Morgaine alles erzählen würde. Sie hatte sich die Sätze zurechtgelegt. Aber nun war doch alles irgendwie schwieriger. Morgaine war zu gefasst. „Wie sieht er aus?" „Wie bitte...? Entschuldige." Anne wurde aus ihren Gedanken gerissen. Sie suchte nach den passenden Worten und entschied sich, mit der äusserlichen Beschreibung anzufangen. „Gross, schlank, etwa eins achzig gross, braune Augen, dunkles Haar. Ja, etwa so." „Hast du ein Bild?", fragte Morgaine. „Ja, ich habe einige." „Warum habe ich noch keins gesehen? Wo hast du sie denn?" Anne musste beinahe lachen. Diese Ungeduld passte gar nicht zu der sonst so ruhigen, besonnenen jungen Frau. Oder war es keine Ungeduld? War es nur eine, vielleicht sogar verzweifelte, Suche nach der Antwort? Nein, Morgaine versuchte, Ordnung in die Situation zu bringen. „Und..., wie ist er? Ich meine, ist er fröhlich, ernst?" „Er..." Es klingelte an der Tür. Morgaine stellte die Pfanne hin. „Ich gehe", sagte sie und hängte das Tuch über die Stuhllehne. Anne griff sich an den Hinterkopf. Was war nur los?

„Kann ich kurz telefonieren?" Morgaine starrte entsetzt auf die junge Frau. Sie sprach in einem leicht amerikanischen Akzent. Ihr hellblaues Kleid war schmutzig, die Haare blutverklebt. „Was ist denn passiert? Kommen Sie herein!" Sie stützte die junge Frau und führte sie durch den Flur ins Wohnzimmer. Morgaine schob ihr einen Stuhl hin. „Setzen Sie sich auf diesen Stuhl! Geht's so?" Anne trat ein. „Morgaine, wer... ach du meine Güte!

Was ist passiert?" Die junge Frau stöhnte und hielt sich den Arm. „Wir hatten einen Unfall. Mit dem Auto." „Wer ist ‚wir'?", fragte Morgaine ruhig. „Ich und mein Freund. Er ist in eine Mauer gefahren oder so was. Nein, eine Felswand. Stein, irgendwas, ach zum Teufel! Es tut weh!" Morgaine tastete vorsichtig ihren Arm ab, während Anne in den Flur eilte und zum Telefon griff, um einen Arzt für die junge Frau und einen Krankenwagen für ihre Begleitung zu rufen. Es gab nur eine Strasse in dieser Gegend und kilometerweit konnte die Frau in ihrem Zustand nicht gegangen sein, der Unfallort musste also leicht zu finden sein.

„Aua! Drücken sie doch nicht so fest!" „Kann sein, dass Ihr Handgelenk gebrochen ist. Halten sie den Arm so!" Morgaine schob ihr ein Kissen unter den Arm. „Die Wunde am Kopf muss gereinigt und vielleicht genäht werden. Das überlasse ich aber lieber dem behandelnden Arzt. Er wird sicher gleich hier sein." „Sind sie Ärztin?", fragte die junge Frau misstrauisch. „Nein, aber Krankenschwester. Ich heisse Morgaine. Und Sie?" „Amanda Gray. Kann ich einen Spiegel haben?" „Einen Spiegel? Ja. Natürlich." Morgaine drehte sich um und trat in den Flur. „Ich habe den Krankenwagen zur Unfallstelle und einen Arzt für die junge Dame bestellt. Er wird gleich hier sein", sagte Anne. Morgaine meinte: „Ich glaube, ihr Handgelenk ist gebrochen, und am Kopf hat sie eine Wunde. Hast du einen Spiegel? Sie möchte einen haben." Anne zog einen kleinen Spiegel aus der Handtasche. Morgaine trat wieder ins Wohnzimmer und reichte Amanda den Spiegel. „Hier, bitte." Amanda nahm ihn wortlos, und hielt ihn sich mit der gesunden Hand vor das Gesicht. „Hier blutet's", und zeigte dabei auf eine Stelle seitlich des Kopfs in den Haaren. „Das sieht man später nicht mehr, oder?", fragte sie misstrauisch. „Nein, ich glaube nicht. Die Stelle wird ja von den Haaren verdeckt", antwortete Morgaine etwas unwirsch. Ihr war gerade aufgefallen, dass Amanda noch kein Wort über ihren Freund verloren hatte, welcher wahrscheinlich schwer verletzt an der Unfallstelle lag. Stattdessen machte sie sich Sorgen über eine kleine Schramme. Sie sagte daher: „Der Krankenwagen ist unterwegs zu Ihrem Freund." Amanda sah vom Spiegel auf: „Ah ja, das ist gut!" Morgaines Miene verdunkelte sich zusehends. Wie konnte man nur so sachlich sein, wenn der eigene Freund vielleicht im Sterben lag?

„Guten Tag, meine Damen!" Ein älterer Herr mit Brille und Lederkoffer trat ins Wohnzimmer und streckte zuerst Morgaine, dann Amanda die Hand hin. „Ich bin Dr. Marceau und Sie sind...?", wobei er die Hand von Amanda festhielt. „Amanda Gray. Und drücken Sie nicht so fest!" Der Arzt liess ihre Hand los und öffnete seinen Koffer. „Bleiben Sie bitte hier sitzen." „Weglaufen werde ich bestimmt nicht", antwortete Amanda schnippisch, streckte dann aber versöhnlich die schmerzende Hand hin.

Morgaine verliess das Wohnzimmer und fand Anne in der Küche. „Möchtest du auch einen Tee?", fragte Anne. „Ja, sehr gerne!" Sie nahm zwei Tassen aus dem Schrank, stellte sie auf den Tisch und setzte sich. Draussen waren plötzlich die Sirenen des Krankenwagens zu hören. Sie waren also unterwegs. „Hoffentlich kommen sie noch rechtzeitig!", bemerkte Morgaine. Anne schwieg. „Der Arzt war sehr schnell da!", fuhr Morgaine fort. „Ja, er ist ein sehr guter Arzt. Er ist immer zur Stelle, wenn man ihn braucht." Sie goss den Tee in die Tassen. Die Mittagssonne drang durch die Scheibe und wärmte ihren Rücken. In ihrer Hand dampfte der Tee. Beide schwiegen. Dr. Marceau trat herein. „Frau Gray hat wahrscheinlich ein verstauchtes Handgelenk und eine Wunde am Kopf. Ich nehme sie mit in meine Praxis, um die Hand sicherheitshalber zu röntgen und einzubinden und um die Wunde zu reinigen und zu nähen. Eventuell hat sie eine Gehirnerschütterung oder ein Schleudertrauma, wir werden sehen." Er schüttelte zuerst Anne, dann Morgaine die Hand. „Auf Wiedersehen, Anne. Auf Wiedersehen, Mademoiselle. Bis später. Ich bringe die Dame dann wieder zurück." Er verschwand aus der Küche.

„Was hältst du von dieser Sache?", fragte Anne. Sie war damit beschäftigt, das Spülwasser, welches in der Zwischenzeit kalt geworden war, zu wechseln. Morgaine nippte an ihrem Tee. „Ich weiss nicht. Ich finde, dass Amanda etwas hartherzig ist." Das Telefon klingelte, Anne trocknete die Hände ab und eilte in den Gang. Aus irgendeinem Grund spürte Morgaine plötzlich Mitleid mit der jungen Frau. Sie musste etwa im gleichen Alter sein wie sie selber. Vielleicht etwas jünger. Sie war sehr hübsch. Morgaine spürte ein flaues Gefühl im Magen. Anne trat wieder in die Küche, sie sprach leise. „Er ist jetzt im Krankenhaus und in Lebensgefahr. Er hat starke innere Verletzungen, die Milz muss entfernt werden." Morgaine blickte geradeaus und atmete schwer aus. Sie wusste, was jetzt kommen würde, sie kannte die Situation nur zu gut. Im Krankenhaus war es oft ihre Aufgabe gewesen, die Angehörigen in einer solchen Situation zu trösten. Wie würde Amanda auf diese Nachricht reagieren? „Ich werde es ihr sagen." Anne nickte.

„Und noch etwas. Es ist vielleicht jetzt nicht so passend, ich meine, in der jetzigen Situation...", begann Morgaine etwas zögerlich. „Nur zu!", meinte Anne. „Ist es möglich, dass du versuchst, meinen Vater anzurufen und ihn fragst, ob er zu Besuch kommen will? Ich möchte ihn nicht am Telefon kennenlernen, darum wäre ich froh, wenn du es machen würdest. Würdest du das tun?" Anne nickte nochmals. Sie war froh, etwas für Morgaine tun zu können.

„Amanda!" Morgaine klopfte an die Badezimmertüre. „Amanda, mach bitte die Türe auf!"

Es war beinahe Mittag und Amanda hatte sich seit Stunden im Badezimmer verbarrikadiert. Nach dem Morgenessen hatte Morgaine ihr die Nachricht des Zustandes von Brian so schonend als möglich mitgeteilt. Sie hatte sich vor dem Frühstück nochmals im Krankenhaus erkundigt. Brian war noch nicht bei Bewusstsein. Die Ärzte sprachen davon, dass er im Koma lag. Gestern, als Dr. Marceau sie zurückgebracht hatte, wollte Amanda nur noch schlafen. Morgaine gönnte ihr diese Schonfrist. Aber heute Morgen konnte sie die Nachricht nicht mehr zurückhalten, sie wusste nicht, wie kritisch der Zustand von Brian war. Amanda hatte nichts gesagt, hatte Morgaine nur ungläubig angestarrt und war dann aufgestanden und ins Badezimmer gestürmt.

„Amanda, was machst du da drin? Mach bitte auf!" „Lass mich in Ruhe! Ich will einfach meine Ruhe haben! Ich muss meine Haare waschen! Das geht lange mit einer verbundenen Hand!" Morgaine versuchte es anders. „Amanda, sei nicht kindisch! Ich möchte mit dir reden!" Der Schlüssel drehte sich und die Tür wurde aufgerissen.

„Ich bin nicht kindisch! Nenn mich nicht so!" Amandas Augen funkelten gefährlich. Morgaines Gesicht zeigte keine Regung. „Ist ja gut!" „Und sprich nicht wie mit einem Kind mit mir! Spar dir deine Floskeln für deine kranken Leute!" „Naja, ganz gesund bist du nicht!", bemerkte Morgaine etwas trocken. Amanda bekam rote Flecken im Gesicht. Morgaine konnte nicht anders und musste trotz der ernsten Lage ein Grinsen unterdrücken. Die Situation war zu absurd. Aber sie war erleichtert, dass Amanda, abgesehen von etwas heftigen Emotionen, wohlauf zu sein schien. Sie schwieg und Amanda lehnte sich an die Wand und atmete heftig, sie schien mit ihren Gedanken irgendwo weit weg zu sein. Ihre Brüste hoben und senkten sich bei jedem Atemzug. Morgaine dachte bei sich, dass Amanda in solchen Momenten eine unheimliche Anziehungskraft auf Männer ausüben musste. Ihr Körper sprühte eine geballte Ladung Energie aus. Morgaine spürte einen leisen Anflug von Neid, drängte ihn aber schnell beiseite. Sie nahm einen erneuten Anlauf. „Wie geht's dir?" „Wie soll's mir schon gehen?" Amanda spie die Worte richtiggehend in den Raum. „Ich mein ja nur, es ist vielleicht nicht ganz einf..." „Herrgott nochmal, ich brauche keinen Seelenklempner, welcher an mir jetzt sein Helfersyndrom auslebt, kapiert? Ich komme sehr gut alleine damit zurecht. Verdammt! Warum muss er mir das antun? Ich kann doch nichts dafür, dass er in diesen beschissenen Fels gefahren ist!" Morgaine liess sich nicht beirren. Sie versuchte, sachlich zu bleiben. „Die Ärzte haben seine Eltern bereits informiert. Sie kommen her in den nächsten Tagen. Möchtest du Brian vielleicht besuchen? Dann müssten wir..." Amanda fiel ihr ins Wort. „Wie haben sie herausgefunden, wo seine Eltern wohnen?" „Ich weiss es nicht, sie fanden wohl die Adresse in seiner Agenda, denke ich. Ich weiss es nicht." Amanda schwieg, ihr Atem ging immer noch heftig, aber sie war nun schneeweiss im Gesicht. „Ich bin unten, falls du etwas brauchst." Morgaine drehte sich um und stieg die Treppe hinunter. „Ich brauche nichts! Und ich will ihn nicht sehen!" Amanda war ihr gefolgt. „Das ist allein deine Entscheidung", antwortete Morgaine ruhig.

„Hast du sie gefragt?", fragte Anne. „Ja, sie hat Angst, der Tatsache ins Gesicht zu blicken. Naja, wer hat das nicht...?", seufzte Morgaine. „Und sie ist wütend." „Ich könnte mit ihr sprechen", schlug Anne vor. „Nein, lass nur. Es ist ihre Entscheidung." „Sprecht ihr über mich? Hinter meinem Rücken? Das nenn ich Freundschaft, wirklich!" Amanda stand wutschnaubend an der Türe. „Amanda, wir haben nur..." „So, habt ihr? Das merke ich! Wahrscheinlich bin ich in euren Augen einfach eine hysterische Kuh." Morgaine und Anne schauten sie betroffen an. „Ihr sagt ja gar nichts mehr!" Amanda lachte höhnisch. „Weil ihr euch nicht getraut, es mir direkt ins Gesicht..." „Das reicht Amanda!" Anne trat auf sie zu. „Wir wissen gut, dass es nicht einfach für dich ist. Aber das gibt dir nicht das Recht, so zu sprechen!" „So? nicht?" Amanda grinste boshaft. „Wer bestimmt denn auf dieser Welt, was ich sagen darf, und was nicht? Du etwa?" „Das reicht!" Anne zeigte mit dem Finger zur Tür. „Geh hier raus!" „Befehl mir nicht! Ich bin nicht deine Dienerin!", schrie Amanda, machte aber trotzdem auf dem Absatz kehrt und verliess das Zimmer. Es glich dem Abgang einer Königin. „Es ist ihre Art, mit den heftigen Emotionen umzugehen, welche sie wahrscheinlich quälen", versuchte Morgaine Anne zu trösten. „Kein Funken Anstand hat dieses Mädchen! Nicht den kleinsten Funken Anstand!", murmelte Anne und verliess ebenfalls das Zimmer. „Nein, das hat sie tatsächlich nicht!", dachte Morgaine. Aber seltsamerweise war sie nicht wütend auf Amanda, sondern es war jetzt eher Bewunderung, was sie spürte.

Kapitel 4

Morgaine drückte auf die Klingel. Sie war furchtbar nervös. Sie wartete. Niemand kam. Sie drückte nochmals auf den Knopf und hörte ein Rascheln hinter der Türe. Anscheinend schaute jemand durch den Spion. Kurz darauf wurde die Türe ein wenig geöffnet und ein älterer Herr mit zerzausten Haaren spähte misstrauisch durch den Spalt. „Guten Tag, ich bin Morgaine Fleury." „Fleury?" Der Mann starrte sie an. „Dann sind Sie verwandt mit Anne Fleury?" Er hielt die Türe soweit geöffnet, dass sie ihn nun besser sehen konnte. Er trug graue Hosen und einen hellblauen Pullover, beides nicht sehr sauber. Ein modriger Geruch ging von ihm aus. Vielleicht hatte er irgendwo draussen gearbeitet, dachte Morgaine. Dann erinnerte sie sich daran, dass er eine Pferdezucht besass. Wahrscheinlich war er im Stall bei den Pferden gewesen. „Ja, ich bin die Enkelin von Anne Fleury. Hat Robert ihnen nichts erzählt? Er hat mich eingeladen zu kommen..." Morgaine stockte, denn der Mann grinste nun sein breitestes Grinsen. „Hoppla! Da müssen Sie aber etwas Besonderes sein! Robert lädt sonst nie jemanden ein! Kommen Sie doch herein." Er sperrte die Türe weit auf und Morgaine trat ein. An den Wänden des Flurs klebte eine Tapete mit Blumenmuster und Morgaine konnte sich nicht recht entscheiden, ob sie das kitschig oder lieblich finden sollte. Alles hier wirkte irgendwie verwahrlost und Morgaine erinnerte sich plötzlich an Annes Worte: „seine Frau ist gestorben." „Gefällt sie Ihnen?" „Wie bitte... Entschuldigen Sie bitte?" Morgaine fuhr herum. „Hier, das Bild vor Ihnen". Er zeigte auf ein Portrait, auf welchem eine Frau zu sehen war. Braunhaarig, blaue Augen, welche ein bisschen zu streng in die Welt schauten. „Das ist meine Frau. Oder besser gesagt: Das war meine Frau." Er wirkte auf einmal sehr alt und traurig. „Es tut mir leid, Anne hat es mir erzählt", sagte Morgaine mitfühlend. „Ja, sie ist sehr hübsch." Morgaine trat näher an das Gemälde. Es war kein Name drauf. Wie das Bild in ihrem Zimmer. „Wer hat diese Bilder gemalt?", fragte sie, aber anstatt einer Antwort ertönte hinter ihr eine ihr bekannte Stimme: „Morgaine! Wie schön, dass du gekommen bist!" Robert stand plötzlich im Flur und Morgaine spürte eine Hitze in sich aufsteigen. „Komm doch in die gute Stube. Oder sollen wir uns auf die Veranda setzen? Es ist noch ein bisschen kühl, aber sehr schön da! Meinst du, das geht?"

Es war wirklich traumhaft auf der Veranda. Und Robert war da. „Willst du ein Glas Wein?", fragte er. „Wein? Ähm..." Morgaine hatte noch nie Alkohol getrunken, aber das wollte sie nicht zugeben. „Schon ok, ich bringe dir ein Glas Orangensaft." Robert zwinkerte ihr zu und verschwand im Haus. Morgaine atmete auf und lehnte sich zurück. Sie hatte sich lange nicht mehr so frei gefühlt. Hatte sie sich jemals frei gefühlt? Ihr kam keine vergleichbare Situation in den Sinn. Vielleicht als Kind, wie dort auf dem Foto. Aber daran konnte sie sich nicht erinnern, sie war damals zwei Jahre alt gewesen. Sie kramte in ihrer Tasche nach einem Taschentuch, obwohl sie gar keins brauchte. „Voilà, Mademoiselle, hier ist Ihr Orangensaft." Robert zwinkerte ihr erneut zu und stellte das Glas auf den Tisch. Morgaine wusste nicht, wohin mit ihrem Blick, sie hatte ganz feuchte Hände. Robert half ihr aus ihrer Verlegenheit, indem er weitersprach. „Hast du gut geschlafen, hier in der Wildnis?" „Ja, danke! Ich wurde sehr freundlich aufgenommen von meiner Grossmutter und ich fühle mich wohl bei ihr." „Ja, Anne ist eine tolle Frau. Manchmal helfe ich ihr bei Kleinigkeiten im Haus. Wie zum Beispiel gestern, als ich die Uhr repariert habe. Aber ich denke, das war nur ein Vorwand, damit ich komme, um dich kennenzulernen." „Ja, vielleicht", erwiderte Morgaine. Ihr fiel beim besten Willen keine bessere Antwort ein. „Ich habe nicht damit gerechnet, dass du kommst. Ich war gestern etwas verwirrt. Ich spürte nicht so recht, was du denkst. Aber ich freue mich sehr, dass du hier bist." Morgaine lächelte. „Ich freue mich auch!"

Morgaine blätterte in einem Buch, das sie im Regal bei Anne gefunden hatte. Sie hatte sich nach dem Nachtessen auf ihr Zimmer zurückgezogen. Amanda ebenfalls. Sie hatte nicht mehr mit ihr gesprochen seit dem Vorfall und sie versuchte es nicht. Es schien ihr falsch, Amanda zu bedrängen. Das Buch fesselte sie nicht richtig und sowieso war sie mit den Gedanken ganz woanders. Irgendwo auf Wolke sieben. Noch immer fühlte sie sich eigenartig frei und doch schwebten nicht nur weisse, sondern auch schwarze Wolken über ihr. Es passierte so viel. Erst die Neuigkeit, dass sie einen Vater hatte und heute die Begegnung mit Robert. Das Kribbeln im Bauch hatte nicht nachgelassen. Sie hatten einen wunderschönen Nachmittag verbracht. Robert hatte ihr von seinem Beruf erzählt. Er züchtete Pferde. Er war eine Art ‚Pferdeflüsterer‘. Sobald die Pferde alt genug waren, lehrte er sie, Sattel und Zaumzeug und natürlich einen Reiter auf dem Rücken zu akzeptieren. Sie hätte die Pferde gerne besucht, aber sie hatte sich nicht getraut zu fragen. Sie wollte nichts überstürzen. Und er hatte ihr das Haus gezeigt, sie hatten über Gott und die Welt gesprochen und Morgaine fühlte sich verstanden. Das kam nicht so oft vor. Oftmals fühlte sie sich eher als Aussenseiterin. Naja, schliesslich war sie das ja auch irgendwie. Während andere sich in der Disco amüsierten, hatte sie dafür gesorgt, dass ihre Geschwister eine Gute-Nacht-Geschichte bekamen oder sie musste arbeiten im Krankenhaus. Häufig hatte sie sich für den Wochenenddienst bereiterklärt. Die andern mussten für eine Familie sorgen und sie wollte diese Frauen entlasten. „Wahrscheinlich zu häufig“, murmelte sie.

„Morgaine?“ Es klopfte an der Türe. „Ja, bitte!“ Morgaine wurde einmal mehr aus ihren Gedanken gerissen. Amanda trat ins Zimmer. Sie trug ein seidenes Nachthemd. Sie sah wunderschön aus darin. „Die Männer müssen verrückt nach ihr sein“, dachte sie. Heute Nachmittag hatte Amanda ihren Koffer abholen können. Das Auto war nicht mehr zu gebrauchen, aber wenigstens ihre Sachen im Koffer waren intakt geblieben. Amanda war überglücklich gewesen, der Wagen interessierte sie sowieso nicht. Anne hatte ihr, trotz des Zwischenfalls, angeboten, eine Zeitlang bleiben zu können, bis man mehr über den Zustand von Brian wusste. Amanda hatte das Angebot von Anne angenommen. Ohne ein Wort des Dankes, verstand sich.

Amanda stand in der Tür und drehte nervös an ihrem Fingerring. „Willst du dich setzen?" Morgaine klopfte mit der Hand auf den Platz auf dem Bett neben ihr. Amanda folgte dieser Aufforderung. „Wie geht's dir?", fragte Morgaine. Amanda war jetzt anscheinend zum Sprechen bereit. „Gut, glaub ich. Ich weiss nicht. Ich hab nachgedacht. Aber es geht nicht." „Was geht nicht?" „Ich weiss nicht." Morgaine liess ihr Zeit. „Vielleicht möchte ich ihn besuchen. Aber ich habe ja keinen Wagen mehr! Ich kann gar nicht hinfahren!" Morgaine stöhnte innerlich auf und schämte sich im selben Augenblick dafür. Schliesslich konnte Amanda nichts dafür, dass sie sich in der Situation nicht zurechtfand. Sie wollte ihr helfen. „Ich kann Anne fragen, ob sie fahren würde", schlug sie vor und war sich bewusst, dass sie Amanda herausforderte mit dieser Antwort, denn sie spürte genau, dass Amanda nur eine Entschuldigung dafür suchte, nicht gehen zu müssen. „Möchtest du denn zu ihm?", half sie ihr, als Amanda stumm blieb. „Ich weiss nicht." „Was hältst du von dem Vorschlag, dass wir gemeinsam hinfahren?" „Vielleicht würde das gehen." Amanda nickte und zögert kurz. „Und wenn er nicht will, dass ich komme?" „Warum glaubst du das?", fragte Morgaine. „Ich weiss nicht", gab Amanda trotzig zur Antwort. „Wir fahren morgen hin und alles Weitere werden wir dann sehen. Was meinst du?" „Ja. Wenn es sein muss! Kannst du mit dem Wagen von Anne fahren?" Morgaine freute sich, dass sie Amanda zu einem Besuch hatte bewegen können. Dem Wunsch, dass sie fahren sollte, konnte sie allerdings nicht entgegenkommen. „Ich kann nicht Autofahren, du müsstest fahren." Amanda starrte sie ungläubig an. „Warum kannst du nicht fahren?" „Ich hab's nicht gelernt."

„Das ist ja der Hammer! Ich könnte nicht leben ohne Auto." Amanda stand auf und ging zur Tür. „Also, gute Nacht!" Sie verliess das Zimmer. „Gute Nacht", wünschte auch Morgaine.

„Wieder mal ein königlicher Abgang. Ich hätte mich wenigstens bedankt." Morgaine war enttäuscht. Aber zugleich verstand sie die Reaktion. Amandas Stolz hatte es nicht zugelassen, in irgendeiner Form Schwäche oder sonstige Gefühle zu zeigen. Sie spürte, dass für Amanda ein wichtiger Schritt getan war mit dieser Entscheidung und sie wusste, dass es nicht einfach werden würde für diese junge Frau. „Aber wer sagt schon, dass das Leben einfach ist?", murmelte sie und versuchte, sich dem Buch zu widmen. Was ihr aber nicht gelang. Ihre Gedanken schweiften immer wieder zu Robert, was ein Lächeln auf ihr Gesicht zauberte. Dann dachte sie an ihren Vater. Sie versuchte sich vorzustellen, wie er aussah. Was machte er gerade in diesem Moment? War er noch mit der Frau zusammen, mit welcher er fortgezogen war? „Ich muss versuchen, das herauszufinden." Morgaine löschte das Licht.

Die Flure rochen steril und nach Desinfektionsmittel. „Wie kannst du so arbeiten, ich finde das abscheulich! Das macht einen ja krank!" Amanda hielt sich mit der gesunden Hand die Nase zu. „Glaub mir, man gewöhnt sich dran. Ein Krankenhaus erträgt nun mal nicht den geringsten Schmutz!", gab Morgaine belehrend zur Antwort. Sie hatten vom Arzt die Erlaubnis bekommen, Robert kurz zu besuchen. „Aber sauber bedeutet für mich Zitronenduft oder Parfum, nicht dieser Gestank!", näselte Amanda.

„Hier ist es. Wollen wir rein?" Amanda zuckte mit den Schultern. „Komm!", sagte Morgaine sanft und öffnete die Tür. Dahinter befand sich ein Zimmer, in welchem Brian alleine lag. Er war an diverse Schläuche, Infusionen und Monitoren angeschlossen, welche unangenehme Pieptöne von sich gaben. Amanda stand nur da und hielt noch immer mit einer Hand ihre Nase zu. Morgaine holte zwei Stühle, welche bei einem kleinen Tisch standen, stellte sie neben das Bett und deutete mit der Hand auf einen der beiden. Amanda setzte sich. Fragend schaute sie Morgaine an, welche ihr aufmunternd zulächelte. Brian war nicht bei Bewusstsein. Er sah aus, als ob er friedlich schlafe, nur die piepsenden Monitoren verbreiteten eine unangenehme Stimmung. Amandas Blick wanderte wieder hilfesuchend zu Morgaine. „Magst du etwas zu ihm sagen?", fragte Morgaine behutsam. Amanda nahm die Hand von der Nase und zuckte die Schultern. „Ich kann das nicht. Er hört mich ja gar nicht." „Es ist durchaus möglich, dass er dich hören kann. Aber er kann dir wahrscheinlich nicht antworten." „Ich fühl mich doof dabei, mit jemandem zu sprechen, der mir keine Antwort geben kann." Amanda fühlte sich sichtlich unwohl. „Es ist schon okay, du musst ja nicht. Bleiben wir einfach solange du möchtest. Ich glaube, Brian spürt, dass wir hier sind. Ich bin sicher, er ist froh darüber." Amanda wirkte immer noch verwirrt, aber sie entspannte sich ein wenig bei diesen Worten. Sie blieben noch ein paar Minuten schweigend auf ihren Stühlen sitzen. Morgaine trat ans Bett und betrachtete Brian. Sie nahm seine Hand. Sie war kalt. Sachte nahm sie seine Hand zwischen ihre beiden und hielt sie so einen Moment lang. Amanda schaute schweigend zu. Dann verliessen sie das Zimmer. Auf dem

Flur trafen sie auf den Arzt. Morgaine erhoffte, etwas erfahren zu können, aber wie sie vermutet hatte, durfte der Arzt keine Auskünfte erteilen, da sie keine Familienangehörige waren. Auf Morgaines Bitten hin versicherte er ihnen schliesslich, dass Brians Zustand momentan zwar kritisch, aber stabil sei. Morgaine wusste, dass mit dieser Aussage Grund zur Hoffnung bestand.

Auf der Heimfahrt schwiegen beide. Bis Morgaine fragte: „Wie geht's dir?" „Du fragst immer so viel. Und immer dasselbe!" In Amandas Ton war eine leichte Gereiztheit herauszuhören. „Soll ich dich nicht mehr fragen?" „Oh Mann, schon wieder eine Frage!" Amandas Antwort war jetzt weniger gereizt, sondern eher belustigend. Sie grinsten beide. „Es interessiert mich eben, wie es dir geht", verteidigte sich Morgaine. „Ja, aber manchmal kann das nerven! Ich will keine Löcher in den Bauch gefragt haben. Zudem weiss ich nicht, wie es mir geht." Morgaine schwieg. „Naja, eigentlich weiss ich es schon", platzte Amanda nach einer Weile heraus. „Aber ich will es nicht sagen!" „Okay, kein Problem" gab Morgaine gelassen zur Antwort. Sie schwiegen wieder. Nach einer Weile fragte Amanda: „Interessiert es dich wirklich, wie es mir geht, oder fragst du einfach nur aus Anstand?" „Natürlich interessiert es mich wirklich. Es interessiert mich immer, wie es andern Menschen geht!", antwortete Morgaine schnell." „Bist du sicher?", fragte Amanda. Morgaine fühlte sich etwas in die Ecke gedrängt. „Hey, was soll jetzt diese Frage?" Nun mussten beide lachen. Der Bann war gebrochen. „Es hat sich noch nie jemand dafür interessiert, wie es mir geht", sagte Amanda nach einer Weile leise. „Hast du Geschwister?", fragte Morgaine. „Nein, ich glaube, ich war eher ein

Unfall meiner Eltern. Beide sind ständig unterwegs, geschäftlich, versteht sich. Als Kind hatte ich ein Kindermädchen, welches aber total überfordert war mit mir. Nur eine Sache war gut! Sie war aus Frankreich und sprach viel Französisch mit mir. Daher kann ich es auch ziemlich gut. Brian kann es auch. Er war etwas fleissiger als ich in der Schule und mag Sprachen. Aber dieses Kindermädchen habe ich manchmal richtig geärgert. Am Anfang konnte sie praktisch kein Englisch. Mit der Zeit hatte ich genau begriffen, was sie gesagt hatte, aber ich tat so, als könne ich nichts verstehen. Gemein nicht? Ja, sie hatte es nicht einfach mit mir!" Amanda versuchte offensichtlich nicht zu verhindern, dass bei diesem letzten Satz eine Portion Stolz mitschwang. Morgaine fühlte nur Mitleid mit diesem Kindermädchen. Amanda fuhr fort: „Meine Eltern überweisen mir monatlich einen Haufen Geld. Irgendwann bin ich abgehauen von zuhause. „Hast du keine Ausbildung?", fragte Morgaine. „Nein, ich habe eine angefangen in einem Supermarkt, aber die Kunden haben sich nur über mich beklagt." Amanda lachte boshaft. „Da bin ich eben abgehauen. Wieso soll ich arbeiten, wenn meine Eltern mir die Kohle auf das Konto überweisen? Ich will das Leben geniessen." „Vielleicht, weil es einen Beruf geben würde, welcher dir Spass macht?", schlug Morgaine vor. „Es macht mir keinen Spass, irgendwelchen blöden Chefs unterstellt zu sein, welche mir vorschreiben, was ich zu tun habe!" Morgaine spürte, dass es keinen Sinn hatte, weiter zu drängen. Sie wechselte das Thema. „ Ich habe zwei jüngere Geschwister. Weil wir keinen Vater hatten, sorgte ich für sie, als sie klein waren. Meine Mutter ging arbeiten." „Oh Mann, in deiner Situation wäre ich noch früher abgehauen", rief Amanda. Morgaine war etwas brüskiert über diese Aussage. „Ich konnte das nicht. Ich liebte meine Geschwister und fühlte mich für sie verantwortlich." Amanda schaute sie zweifelnd an. Das konnte sie nicht verstehen.

Kapitel 5

„Nein, das geht aber gar nicht!", rief Amanda. „Du siehst aus wie ein Gespenst!" „Danke für's Kompliment", erwiderte Morgaine trocken und schlüpfte aus dem Kleid. „Nimm das hier, das wird dir ausgezeichnet stehen!" Amanda nahm ein hellgrünes Kleid aus ihrem Koffer. „Ja, das ist besser. Komm hierher zum Spiegel!" „Zu Befehl, Chef! Aber warum?" „Na, wir müssen dich noch etwas schminken! So langweilig wirst du doch nicht gehen wollen!" „Robert hat mich nicht langweilig gefunden das letzte Mal", gab Morgaine spasseshalber beleidigt zur Antwort. Sie war in Hochstimmung und gleichzeitig sehr nervös. Robert hatte sie eingeladen auf ein Picknick in der Natur. „Komm, jetzt sei nicht so! Ich möchte nur mal etwas ausprobieren. Wenn's dir nicht gefällt, dann kannst du dich wieder waschen und von mir aus langweilig aussehen!" „Also gut. Wenn du meinst." Morgaine gab sich geschlagen und holte einen Stuhl, um sich vor den Spiegel zu setzen. „Bin gleich wieder da!" Amanda rauschte aus dem Zimmer und kam kurz darauf zurück mit einem Koffer, der aussah wie ein Aktenkoffer. Sie öffnete ihn. Darin sah Morgaine eine riesige Palette an Farben, Fläschchen, Tübchen und Pinsel. „Sieht ein bisschen aus wie der Malkoffer von Picasso", meinte Morgaine skeptisch.

Amanda grinste. „Wow, Madame bekommt Humor! Das ist gut! Schliess die Augen. Sonst tropft dir das Make-up hinein. Mit meiner verbundenen Hand treffe ich nicht immer so gut." Morgaine fuhr herum. „War ein Witz! Ich nehme eh nur Puder. Aber schliess die Augen trotzdem. Es soll eine Überraschung sein." Morgaine gehorchte willig und wenn sie sich's eingestand, genoss sie Amandas Bemühungen sogar ein bisschen. Sie spürte das Kitzeln des Pinsels auf ihrem Gesicht, etwas Weiches auf Ihren Lippen... Nach etwa fünf Minuten befahl Amanda: „Augen auf!" „Oh, wow..." war alles, was Morgaine hervorbrachte. „Wie findest du's?" Amanda schaute sie erwartungsvoll an. „Es ist gut. Ich kenne mich fast nicht mehr." Amanda hatte Puder und einen dezenten Lippenstift aufgetragen, die Wimpern getuscht und mit verschiedenfarbigen Lidschatten die braunen Augen betont. Amanda antwortete mit einer ausladenden Handbewegung zu einem imaginären Publikum: „ Meine Damen und Herren! Darf ich vorstellen? Morgaines Verwandlung von der grauen Maus zur Schönheit!" Sie verbeugte sich vor Morgaine. „Also bitte, nun übertreib mal nicht! Ich bin keine Schönheit!" „Doch, bist du! Du weisst es nur nicht." „Naja, lassen wir dieses Thema", meinte Morgaine, stand auf und lächelte. „Danke!" „Kein Problem!", antwortete Amanda. „Und nun angle dir Robert!" „Angeln? Wir gehen picknicken!" Amanda schubste Morgaine lachend aus dem Zimmer.

„Du musst doch diesen schweren Korb nicht tragen. Komm, gib ihn mir!" Robert und Morgaine waren etwa eine halbe Stunde lang durch die einsamen Gebiete gefahren und bei einem kleinen Fluss hatte Robert das Auto parkiert. Nun waren sie auf der Suche nach einem schönen Plätzchen für ihr Picknick. Der Ort hier bestand vorwiegend aus kleineren und grösseren Steinen und Sand. Etwas weiter oben fanden sie ein kleines Stück Wiese, wo sie die Decke und darauf die Esswaren ausbreiteten. „Wo hast du die Teller?", fragte Morgaine, als der Korb leer war. Robert lächelte amüsiert. „Ich habe keine mitgenommen." „Und wie sollen wir essen?" „Keine Sorge, ich habe darauf geachtet, dass all unsere Speisen mundgerecht sind und von Hand gegessen werden können." „Aha..." Morgaine schaute skeptisch und Robert betrachtete sie. „Du siehst wunderschön aus, wenn du mich so anschaust!" Morgaine senkte sogleich den Blick. „Aber Gläser hab ich!" Robert zeigte auf die Innenseite des Korbes, wo mit Gummibändern zwei Champagnergläser befestigt waren. „Ah, ich dachte schon, wir müssen den Wein auch aus der Flasche trinken." Morgaine grinste. „Nein, nein, das würde ich einer Dame nie zumuten!", lachte Robert. „Aber mit den Händen essen ist dann geeignet für eine Dame?", neckte Morgaine. „Naja, geeignet vielleicht nicht. Aber romantisch oder abenteuerlustig?" „Mmh, vielleicht ist da was dran." Die anfänglichen Sorgen, sie würde sich ohne Gabel und Messer ungeschickt anstellen oder das schöne Kleid von Amanda besudeln, lösten sich allmählich auf. „Na dann, lass es dir schmecken!" Robert griff nach einem Apfel. „Danke, guten Appetit!" Morgaine griff zuerst einmal nach einem Sandwich. Das tropfte weniger.

Morgaine fühlte sich ausgesprochen wohl in der Gesellschaft Roberts und doch brannten ihr Fragen auf der Zunge. Aber sie zu stellen wagte sie nicht. Sie wollte diesen schönen Augenblick nicht zerstören. Nachdenklich betrachtete sie Robert aus den Augenwinkeln. Er war gerade dabei, Apfelkerne aus dem Gehäuse des Apfels zu grübeln. Er hatte trotz der Arbeit im Stall feingliedrige Hände. Irgendwie Künstlerhände. Ihr fiel etwas ein: „Wer hat eigentlich das Bild von deiner Mutter gemalt? Das Bild bei euch im Flur?" „Das war ich", antwortete er wie nebenbei. „Und das Bild in meinem Zimmer ist auch von dir?" „Genau! Gefällt es dir?" „Ja, sehr...!" „Ich male gerne. Ich finde es faszinierend, wie man mit Farbe eine Situation oder Stimmung festhalten kann." Er grübelte immer noch die Kerne aus dem Apfel hervor und sammelte sie auf einem Stein neben sich. Sie fragte sich, was er für sie fühlte. Vielleicht war er ja nur ein Frauenheld, welcher versuchte, sie für seine Trophäensammlung zu gewinnen? Nein. Dazu war er zu aufrichtig. Aber woher nahm sie diese Gewissheit? Sie hatte keine Erfahrung mit Männern, es war alleine ihre Menschenkenntnis, die sagte, dass er es ernst meinte. Aber die konnte doch auch manchmal trügen, oder? „Glaubst du, wenn ich diese Apfelkerne hier in die Wiese stecke, dass dann etwas wächst?" Robert streckte ihr die Hand mit den Kernen hin. „Ja, ich denke schon, dass wenn du die Kerne in die Erde drückst, der eine oder andere zu wachsen beginnt. Inwiefern sie sich dann zu einem Baum entwickeln, ist wahrscheinlich fraglich. Das hängt davon ab, wieviel Wasser sie kriegen, wie die Mineralstoffe im Boden sind, die Beschaffenheit der Erde, wieviel Sonne sie erhalten, die Luftfeuchtigkeit, viele Faktoren spielen da mit. Doch, ich denke, wir sollten ihnen eine Chance geben." „Ui, du scheinst dich mit Pflanzen auszukennen! Hier, nimm auch ein paar Kerne." Robert leerte ihr die Hälfte der

Kerne in die Hand und berührte sie dabei leicht. „Und nächsten Frühling schauen wir, ob was gewachsen ist!" Diese Aussage freute Morgaine sehr. Er rechnete also damit, dass sie sich nächsten Frühling noch kennen würden. Behutsam drückten sie die Kerne in die Erde. „Wer versorgt eigentlich deine Pferde, wenn du nicht da bist, wie zum Beispiel heute?", fragte Morgaine. „Das macht mein Vater. Er hat grosse Erfahrung. Ich möchte auch später die Zucht übernehmen." „Ich würde deine Pferde gerne kennenlernen", sagte Morgaine. „Ehrlich? Das freut mich! Ich war mir letztes Mal, als wir uns gesehen haben, nicht sicher, ob du willst. Darum habe ich nicht gedrängt." „Und ich hab mich nicht getraut zu fragen und wollte auch nichts überstürzen. So was Blödes!" Beide lachten. „Kannst du reiten?", fragte Robert. „Auf einem Pony in einem Zoo habe ich das als Kind mal gemacht." „Das ist doch ein guter Anfang! Wenn du willst, lehr ich dich reiten!" „Ja, das würde ich gerne tun. Ich weiss zwar nicht, ob ich das kann, aber einen Versuch ist es sicher wert. Eigentlich wollte ich schon immer reiten lernen." „Warum hast du es nicht getan?", fragte Robert. „Ich hatte meine Geschwister, meinen Job..." Sie stutzte, weil sie sich plötzlich selber fragte, warum sie diesem Wunsch nie nachgegangen war. Sie hatte einfach keine Zeit gehabt. Keine Zeit? Stimmte das wirklich? „Also einverstanden? Nächstes Mal machen wir bei meinen Pferden ab!" Robert hielt ihr die Hand hin für einen Handschlag. Morgaines Zweifel, er könnte es nicht ernst meinen mit ihr und ihren Gefühlen, verflogen just in diesem Moment mit dem noch etwas kühlen Frühlingswind in das Hinterland Südfrankreichs.

„Na, wie war es?" Amandas Neugier war nicht zu überhören. Anne und Amanda sassen beim Nachtessen am grossen Tisch im Wohnzimmer, als Morgaine zur Tür hineintrat. Es war bereits dunkel draussen. „Schön war es", gab Morgaine zur Antwort. „Schön? Ist das alles? Hast du ihn flachgelegt?" „Also Amanda, bitte!", wies Anne sie zurecht. „Man darf doch wohl noch fragen", murmelte Amanda und sagte lauter zu Morgaine: „Nachher will ich alles ganz genau wissen! Versprochen?" „Ja, zu Befehl, Chef!", gab Morgaine lachend zur Antwort. Sogar Anne musste schmunzeln. Sie verstand sich mittlerweile besser mit Amanda. Dass diese manchmal etwas ausgefallen reagierte, störte sie nicht mehr. Sie konnte es jetzt mit mehr Humor hinnehmen. Sie verstand, dass Amandas Art nicht böse gemeint war.

„Also, red schon!" Die beiden sassen in Morgaines Zimmer auf dem Bett und diese erinnerte sich staunend daran, wie sich die Stimmung verändert hatte seit ihrem letzten Gespräch hier in diesem Raum. „Hast du ihn jetzt flachgelegt oder nicht?" Amanda blickte sie erwartungsvoll an. „Wir haben gepicknickt und geredet." „Ja, und sonst?" „Nichts sonst!" „Ihr habt euch nicht mal geküsst? Oder willst du es mir nicht sagen?" Amanda verzog schmollend den Mund. „Nein, wir haben uns nicht geküsst! Ganz ehrlich", sagte Morgaine. „So was von langweilig! Ihr habt geredet und gepicknickt. Und sonst nichts", kommentierte Amanda. „Ja, genau! Aber langweilig war es nicht. Wir haben uns prima unterhalten." Morgaine amüsierte sich über Amandas Vorstellungen. „Über was habt ihr denn gesprochen?", fragte Amanda. Es war nicht zu überhören, dass sie enttäuscht war über diesen Bericht. „Also, sag mal! Du willst viel wissen!", gab Morgaine mit gespielter Entrüstung zur Antwort. Denn eigentlich genoss sie es, dass Amanda sich für sie interessierte. „Wie war jetzt das mit den vielen Fragen stellen und dass das nerven kann?" Sie zwinkerte mit einem Auge. Amanda musste grinsen. „Siehst du ihn wieder?" „Ja, wir wollen zusammen reiten. Er hat eine Pferdezucht und er möchte mir das Reiten beibringen." „Cool, er ist ein Cowboy? So richtig mit Lasso und so?" In Amandas Augen begann es zu glitzern. „Wohl eher nicht. Er will ja keine Wildpferde einfangen. Er züchtet sie", meinte Morgaine. „Glaubst du, ich könnte mal mitkommen?", fragte Amanda. „Ich möchte deinen Cowboy und die Pferde auch sehen!" „Ja, warum nicht." Sie schwiegen einen Moment. Morgaine dachte daran, dass es schön war, einen Mann an ihrer Seite zu haben. Da fiel ihr ein, dass Amanda über Brian seit dem Besuch im Krankenhaus kein Wort verloren hatte. Behutsam fragte sie: „Weisst du etwas Neues von Brian?" Schlagartig verdunkelte sich Amandas Gesicht. „Nein", gab sie kurz angebunden zur Antwort. „Willst du ihn nochmals besuchen?" „Das bringt ja eh nichts." „Warum glaubst du das?" Amanda zuckte mit den Schultern. „Ich hab ihn sowieso enttäuscht. Wahrscheinlich will er mich gar nicht sehen." „Warum glaubst du das? Was ist denn passiert?", fragte Morgaine. „Er wollte mich heiraten. Ich habe abgelehnt. Er dachte, ich sei die Richtige für ihn. Aber das bin ich nicht." „Liebst du ihn denn?" „Ich mag ihn schon. Und er sieht gut aus und war toll im Bett." Morgaine schluckte leer. Sie dachte nach und sagte dann: „Ich glaube, Brian würde sich trotzdem freuen, wenn du ihn besuchen würdest. Wenn er dir einen Heiratsantrag gemacht hat, muss er dich ja schon sehr mögen. Du bist wichtig für ihn." „Aber ich will ihn nicht heiraten!", gab Amanda trotzig zur Antwort. „Davon spricht ja auch niemand. Es geht darum, dass du ihn unterstützen kannst", sagte Morgaine sanft. „Wie soll ich ihn denn unterstützen? Ich kann ja nicht mal mit ihm reden!" Amanda wurde immer lauter. „Ich kann und will dich nicht zwingen", besänftigte Morgaine sie. „Aber wenn du willst, helfe ich dir." Sie schwiegen wieder. Morgaine wagte nochmals einen Vorstoss. Sie fragte Amanda, obwohl sie die Antwort ja eigentlich kannte: „Warum glaubst du, dass er enttäuscht ist von dir?" „Weil ich ihn nicht heiraten wollte." „Ich glaube, es hat damit zu tun, dass ihm in diesem Moment klar geworden ist, dass er für dich nicht viel mehr als nur ein Spielzeug war." „Ich hab ihm ja nie etwas versprochen", stiess Amanda heftig hervor. Morgaine wusste, dass sie mit folgendem Satz vielleicht die Toleranzgrenze von Amanda überschritt, aber sie empfand es als richtig, sie damit zu konfrontieren, es war dringend nötig auszusprechen, was Amanda nicht konnte, ja, ihr vielleicht nicht mal richtig bewusst war. Sie holte Luft und sagte ruhig und bestimmt: „Und plötzlich war dir klar, dass Brian es ernst meinte. Du bekamst Angst. Angst vor einer Bindung, vor Verpflichtung und Verantwortung. Angst davor, dass du nun zugeben musst, dass du ihn nicht liebst. Dass du ihm sagen musst, dass du nur mit ihm gespielt hast. Vielleicht hattest du sogar Schuldgefühle?" Sie rechnete damit, dass Amanda nach diesen harten Worten aus dem Zimmer stürmen oder sie anschreien würde. Umso mehr überraschte es sie, dass Amanda sie nur ansah, ausdruckslos zwar, aber immerhin blieb sie sitzen und sagte nichts. Und daraufhin war sie unheimlich stolz auf Amanda.

Kapitel 6

„Oh nein, die will ich nicht sehen!" Amanda machte auf dem Absatz kehrt. „Was zuviel ist, ist zuviel!" Sie stolzierte zum Lift, die eine Hand an der Nase. Morgaine entschuldigte sich beim Arzt und lief ihr hinterher. „Trinken wir einen Kaffee hier in der Cafeteria?", schlug sie vor. Amanda schaute sie nur skeptisch an, was Morgaine aber als Zustimmung deutete.

Die Cafeteria des Krankenhauses war hell, freundlich und sauber geputzt, mit hohen Fenstern, durch die jetzt die Frühlingssonne drang. Sie setzten sich an einem freien Tisch mit zwei Tassen Kaffee. Es waren nur wenige Besucher im Raum und die meisten unterhielten sich in leisem Ton. „Und wenn sie auch hierher kommen?" Amanda schaute nervös zur Eingangstür. „So wie ich das verstanden habe, kennen sie dich ja gar nicht", beruhigte Morgaine sie. „Ah ja, das stimmt ja. Glück gehabt!" Erleichtert seufzte Amanda. „Und was, wenn ich sie doch treffe? Im Zimmer oder so? Ich kann ja dann schlecht sagen: Pardon, ich habe mich im Zimmer geirrt." „Dann sagst du, du seist mit Brian gereist. Dann lügst du nicht und musst nicht zuviel von dir preisgeben. Mehr interessiert sie im Moment sowieso nicht. Sie sind in Sorge um ihren Sohn, da hat es für anderes nicht viel Platz." „Hast du eigentlich für alles eine

Antwort?" Amanda war genervt und beeindruckt zugleich. „Oh nein, ganz sicher nicht", meinte Morgaine bescheiden. „Aber mit kranken Leuten und deren Angehörigen kenne ich mich schon ein wenig aus. Warum hast du überhaupt solche Angst, die Eltern von Brian kennenzulernen?" Sie glaubte, die Antwort zu kennen, aber sie wollte Amanda herausfordern. „Die mögen mich bestimmt nicht!" „Warum bist du dieser Meinung?" „Weiss auch nicht! Ende der Fragestunde!", sagte Amanda barsch.

Sie tranken den Kaffee fertig und spazierten ein paar Minuten im Garten des Krankenhauses. Danach fragten sie nochmals bei der Stationsschwester, ob die Eltern von Brian nun gegangen seien. Als diese bejahte, betraten sie das Zimmer. Ein grosser Strauss gelber und roter Blumen stand neben dem Bett. Noch immer piepten die Monitoren. „Kann man dieses blöde Gepiepe nicht abstellen?" Amanda liess sich auf einen Stuhl fallen. „Also, wenn du sicher bist, dass du ihn lebend nie wieder sehen willst, dann kannst du die Stecker rausziehen", antwortete Morgaine ein wenig sarkastisch. Sie trat ans Bett und betrachtete Brian. „Hallo Brian. Ich bin Morgaine. Und auch Amanda ist hier. Wir kommen vorbei, um zu schauen, wie es dir geht und hoffen, dass du bald wieder aufwachst und gesund wirst." „Ja, das wollen wir!" Amanda war neben das Bett getreten und Morgaine zwinkerte ihr aufmunternd zu. „Was soll ich sagen?", flüsterte Amanda. „Erzähl ihm von dir, was du machst, wie es dir geht", half Morgaine ihr. Amanda streckte Brian ihre Hand, jene mit dem weissen Verband, unter die Nase. „Ich habe eine verstauchte Hand. Morgaine meinte zuerst, sie sei gebrochen, aber jetzt ist sie zum Glück nur verstaucht. Und ich habe eine Wunde am Kopf, aber die Haare wachsen da wieder drüber." Morgaine war froh, dass Amanda diesen Schritt gemacht hatte, empfand aber auch Belustigung. Es war etwas absurd. Sie fragte sich, ob, falls Brian sie hörte, es ihm auch so ging. Er lag im Koma, hatte in Lebensgefahr geschwebt oder tat es sogar noch und Amanda berichtete ihm von ihrer verstauchten Hand. Jede andere Frau würde wahrscheinlich heulen, wenn sie ihren Freund in dieser Situation vorfinden würde. Amanda war ziemlich anders. Aber Brian war ja nicht eigentlich der Freund von Amanda. War er immer noch nicht mehr als ein Spielzeug? War sie darum so locker drauf? Nein, das konnte es nicht sein, sonst würde Amanda nicht diese Aufgabe auf sich nehmen. Es war ein grosser Schritt für sie gewesen, ins Krankenhaus zu fahren. Sie hätte genauso gut ablehnen können. Wahrscheinlich hatte es mehr damit zu tun, dass sie sich der Situation nicht recht bewusst war und sie verdrängte, weil sie sich mit vielen Gefühlen auseinandersetzen musste? Es war eine Art Schutzschild gegenüber ihren eigenen Gefühlen, damit sie sich nicht spüren musste. Sie war auf jeden Fall heilfroh, dass Amanda die Hürde genommen hatte und sich, wenn auch langsam, an die Situation herantastete. „Geht das so?", fragte Amanda. „Ja, so geht das sogar sehr gut!", antwortete Morgaine.

‚Kann ich dich heute um 14.00 Uhr abholen? Gehen wir zu den Pferden? Lieber Gruss, Robert'

Der Zettel klebte an ihrer Zimmertüre. „Den hat Robert vorbeigebracht", hatte Anne schmunzelnd gesagt, als sie gefragt hatte, wie denn der Zettel an diesen Platz gekommen sei.

Anne hatte noch eine Nachricht für sie. Sie hatte versucht, ihren Vater zu erreichen. Leider war er, gemäss Mitteilung seiner Combox, momentan nicht erreichbar, aber sie hatte ihm eine Nachricht hinterlassen. „Er ruft hoffentlich bald zurück", hatte Anne gemeint. Morgaine freute sich über diese Neuigkeiten und war zugleich auch etwas nervös. Dann aber dachte sie an die Mitteilung von Robert. Natürlich würde sie die Einladung annehmen. Eigentlich war es ja sowieso schon besprochen gewesen, so empfand sie es auch für unnötig, Robert eine Antwort zukommen zu lassen.

14.00 Uhr. Bald war Mittag, sie hatte also noch gut zwei Stunden Zeit. Was sollte sie anziehen? Sie hatte keine Ahnung, was angemessen war für einen Pferdestall. „Wow, nicht zu fassen! Der Mann steht auf dich!" Morgaine wirbelte herum. „Amanda, musst du mich so erschrecken?" Amanda grinste und zeigte auf den Zettel mit der Nachricht von Robert. „Was soll ich anziehen? Wir sind in einem Pferdestall." „Oh, das ehrt mich jetzt aber. Dass ich dir als Allwissende auch mal eine Antwort geben darf! Komm mit! Ich bin sicher, wir finden etwas ganz Tolles für dich! Darf ich mitkommen zu den Pferden?" „Naja", begann Morgaine etwas zögerlich, denn eigentlich wäre sie lieber mit Robert alleine gewesen. Andererseits hatte sie es Amanda schon versprochen. „Kein Problem!" Amanda winkte ab. „Ich verstehe schon, ihr braucht keinen Anstandswauwau! Aber ein anderes Mal, okay?" „Versprochen!", sagte Morgaine. Sie war erleichtert über so viel Grosszügigkeit. „Jetzt bin ich gespannt, was mir meine Modeberaterin vorschlägt!" „Oh, ich habe noch keinen Mann enttäuscht, was meine Kleider betrifft!", sagte Amanda theatralisch. „Davon bin ich überzeugt!", antwortete Morgaine lachend.

Es gefiel ihr wirklich ausgezeichnet, was Amanda für sie ausgesucht hatte. Es war ungewohnt, aber es gefiel ihr. Ein paar ziemlich enge Jeans. „Du kannst ja wirklich nicht mit schlotternden Hosen auf ein Pferd steigen!", hatte Amanda mit einem Augenzwinkern gemeint, als sie fragte, ob denn diese Hosen nicht ein wenig zu eng seien. Dass es gar nicht ums Reiten ging, sondern natürlich eher darum, Robert zu beeindrucken, war beiden klar. Dazu trug sie einen taillierten Pullover, welcher ihre Figur ebenfalls betonte. („Damit du auf dem Pferd nicht wie ein Mehlsack aussiehst!") „Und wenn ich dir die Kleider beim Reiten ruiniere?", hatte Morgaine besorgt gefragt. „Mach dir darüber keine Gedanken. Sie sind nicht neu!"

Es war bereits zehn Minuten nach zwei. Morgaine wartete in der Einfahrt. Sie war etwas enttäuscht und zugleich besorgt. Hoffentlich war nichts passiert? Oder hätte sie doch die Mitteilung bestätigen sollen? Vielleicht meinte Robert jetzt, sie sei nicht interessiert. Aber nein! Wenn er wirklich Interesse hatte, kam er bestimmt. „Wo bleibt dein Traumprinz? Soll ich ihm telefonieren?", rief Amanda zum Fenster hinaus. Jetzt war es an Morgaine, mit den Schultern zu zucken. „Nein, lass nur. Er kommt bestimmt noch!" rief sie zurück. „Na, das hoffen wir doch!" Amanda schloss das Fenster wieder. Ein Wagen schoss heran. Ein roter. Darin sass Robert mit ebenfalls rotem Kopf. „Bitte entschuldige meine Verspätung! Eine unserer Stuten hat soeben ein Fohlen zur Welt gebracht. Ich musste helfen." Sogleich fielen Sorgen und Enttäuschung von Morgaine ab. „Ein Fohlen? Süss! Darf ich es sehen?" „Aber klar doch! Steig ein!"

Die Fahrt dauerte nicht lange, Morgaine und Robert unterhielten sich ausgelassen.

Schon bald tauchten umzäunte Weiden auf und eine grosses Stallgebäude. In den Gehegen grasten die Pferde oder sie trabten ihre Runden. „Willkommen bei meiner Familie!", sagte Robert und sie stiegen aus dem Wagen. „Oh, sind die schön!", schwärmte Morgaine und lehnte sich an den Holzzaun. Sogleich kam eins der Pferde heran und schnupperte an ihrer Hand. Sie streichelte die samtweichen Nüstern des Tieres. Robert liess ihr einen Moment Zeit, bis er mit dem Finger über die Weide zeigte: „Dort drüben habe ich ein Gehege, in welchem ich mit den Pferden arbeite." Er zeigte auf die andere Seite. „Und hier können sie rein, wenn sie ins Trockene wollen. Aber meistens bleiben sie sogar bei Regen draussen." Morgaine sah, dass die Pferde selbständig durch einen Durchgang in die Stallung oder wieder hinaus gelangen konnten. Sie traten in die Wärme des Stallgebäudes. Ein Gang führte durch eine Kammer, in welcher sich Sattel, Zaumzeug und diverse andere Utensilien befanden. Durch eine zweite Tür gelangten sie in die grosse Halle, welche ausgepolstert war mit Sägemehl und Stroh. „Hat es hier denn keine Boxen?", fragte Morgaine verwundert? „Nein. Die Pferde werden nicht angebunden und auch nicht getrennt. Entweder sie sind draussen auf der Weide oder hier drin. Nur dort drüben gibt es ein paar einzelne Boxen. Im Falle, dass ich doch mal ein Pferd absondern muss." Er zeigte auf die gegenüberliegende Seite des Stalles. „In einer dieser Boxen ist jetzt auch das Fohlen mit ihrer Mutter. Sie hatte eine etwas schwierige Geburt und ich möchte das Kleine und die Stute noch unter Aufsicht halten momentan. Ich denke, es ist nichts Gravierendes, aber sicher ist sicher." Sie gingen durch die Halle hinüber zu den Boxen. Morgaine schaute hinein. Darin stand eine dunkelbraune Stute und neben ihr lag im Stroh ein Fohlen. „Die Kleine war vorher auf den Beinen. Ich glaube, das kommt gut!", ertönte hinter ihnen eine Stimme. Der Vater von Robert trat durch die offene Türe, durch welche die Pferde auch hineinkommen konnten. „Ja, das ist gut!", meinte Robert. „Das hat aber lange Beine", staunte Morgaine. „Ja, Fohlen haben im Verhältnis zum Körper sehr lange Beine. Sie müssen nach der Geburt auch gleich aufstehen und mit der Herde mitgehen können", belehrte sie Robert. Die Stute beäugte sie misstrauisch. Das kleine Pferd hob den Kopf und schaute sie mit grossen Augen an. „Du bist aber ein ganz Süsses!", sagte sie zu dem Fohlen. „Ist es ein Männchen oder Weibchen?" „Es ist eine Stute, ein kleines Fräulein", gab Robert schmunzelnd zur Antwort. „Wollen wir einen kurzen Ausritt wagen?" „Wenn du mir ein ruhiges und liebes Pferd gibst!", lachte Morgaine. „Kein Problem, ich habe noch ein braves Tierchen für dich aufbehalten!" Robert holte zwei Halfter und trat damit ins Freie. Er stieg damit über den Zaun und ging damit auf eins der Pferde zu. Es war ein hellbraunes mit weissen Flecken. Das Tier kam ihm entgegen. Morgaine spürte, dass die Tiere grosses Vertrauen in Robert haben mussten. Er sprach ruhig mit dem Pferd und streifte das Halfter über. Er kam mit dem Tier zu Morgaine an den Zaun und übergab ihr das Halfter. „Kannst du ihn halten? Ich hole dann mein Pferd!" Morgaine fühlte sich etwas unsicher. Was, wenn das Tier nun nervös wurde? Aber davon konnte keine Rede sein. Ohne Widerstand blieb es an Ort und Stelle und blies ihr warmen Atem entgegen. „Bist ein Braves!", redete sie beruhigend auf das Pferd ein. Robert kam mit einem schwarzen Pferd und nahm Morgaine das Halfter aus der Hand. „Ihr habt ja schon Freundschaft geschlossen!", meinte er augenzwinkernd und führte die Pferde durch ein Tor von der Weide. Er zeigte ihr, wie man ein Pferd striegelt, wie man den Sattel auf dem Rücken des Pferdes befestigt und das Zaumzeug anzieht. Dann half er ihr auf den Rücken des Pferdes. Dieses machte einen Schritt vorwärts und Morgaine verkrampfte sich. Sie nahm die Zügel in die Hand, wie Robert es ihr gezeigt hatte. „Ja, sehr gut!" lobte Robert sie. Er hatte sich ebenfalls auf den Rücken seines Pferdes geschwungen und kam neben sie. „So, gehen wir los?", fragte er. „Ja!", entgegnete Morgaine noch etwas skeptisch, aber dann lächelte sie.

Zwei Stunden lang ritten sie durch die einsame Gegend. Morgaine wurde mit der Zeit gelöster, das Pferd trottete auch wirklich brav vor sich hin. Einmal wagten sie sogar ein paar Meter im Trab. Morgaine brauchte eine kurze Zeit, um sich diesem neuen Rhythmus anzupassen, aber sie schaffte es erstaunlich schnell. Als sie zurückkehrten, schmerzten ihr die Knie und sie konnte kaum noch sitzen, aber ansonsten fühlte sie sich rundum glücklich.

„Kommst du wieder mal mit?", fragte Robert beim Abschied. Er hatte sie nach Hause gefahren. „Ja, ganz sicher!", versprach Morgaine. Sachte zog Robert sie an den Schultern zu sich heran. Sie duftete nach Pferd und Freiheit. Er küsste sie auf die Wange. Morgaine legte ihm die Hand in den Nacken und zog sein Gesicht an ihres. Seine Lippen waren etwas rau, aber weich und warm und unheimlich zärtlich. Das Kribbeln durchfuhr ihren ganzen Körper. Nach einer scheinbar endlos langen Zeit trennten sich ihre Lippen. „Bis bald!", hauchte Robert ihr ins Ohr. „Ja, bis bald!", antwortete Morgaine und stieg aus dem Wagen. Ihre Knie zitterten leicht. Robert winkte ihr zu. Wie in einem Traum winkte sie zurück und ging auf's Haus zu. Sie hatte mit 27 Jahren zum ersten Mal einen Mann geküsst.

Kapitel 7

Amanda quetschte sie aus wie eine Zitrone. Sie wollte alles wissen von den Pferden, dem Ausflug und wie es so gelaufen sei. Morgaine schwärmte von den Tieren, dem Fohlen und dem Ausritt in der wilden Natur. Sie sassen draussen auf der Veranda des Hauses und hörten den zirpenden Grillen zu. Es war schon längst dunkel und die Lampe zog Mücken an. „Igitt, geh weg du Biest!", verscheuchte Amanda ein surrendes kleines Insekt. „...und dann haben wir uns geküsst am Schluss", schloss Morgaine die Erzählung. Amandas Hand, welche eben noch nach den Mücken geschlagen hatte, blieb in der Luft hängen. „Echt?", rief sie aus. „Das ist ja ein Ding! Hat's dir gefallen?" „Ja, es war schön!" Amanda warf die Hände in die Luft, dieses Mal nicht wegen der Mücken. „Bei dir ist immer alles nur ‚schön'! Einen Mann zu küssen ist nicht ‚schön', es ist der totale Wahnsinn!" „Dieses Wort ist mir gerade nicht eingefallen", schmunzelte Morgaine. „Aber ich glaube, es geht schon in diese Richtung." „Ganz bestimmt!", meinte Amanda. Sie schwiegen einen Moment. Drinnen klingelte das Telefon und Morgaine erinnerte sich plötzlich daran, dass ihr Vater zurückrufen sollte. Sie hörte Anne sprechen durchs offene Fenster. Es schien nicht ihr Vater zu sein. Anne sagte nämlich „Oh, hallo Odette!..." Sie spürte

Enttäuschung in sich aufsteigen. Warum meldete sich ihr Vater nicht? Ihr fiel plötzlich etwas anderes ein. „Wollen deine Eltern nicht wissen, wo du bist?", fragte sie Amanda. „Nicht wirklich, nein. Sie sind ja selber ständig unterwegs und haben sich damit abgefunden, dass ich es auch bin. Und ich bin ja kein kleines Kind mehr, ich bin auch schon über zwanzig. Ab und zu schreibe ich ein SMS und teile ihnen mit, wo ich gerade bin." „Wissen sie, dass du hier bist?" „Ja, ich hab's ihnen geschrieben." Sie schwiegen, bis Morgaine fortfuhr. „Ich habe erst vor ein paar Tagen erfahren, dass ich noch einen Vater habe. Ich dachte, er sei gestorben. Aber er lebt, er ist nur damals fortgezogen mit einer andern Frau. „Oh, echt?", staunte Amanda. „Und deine Geschwister?" „Die sind von einem andern Mann. Aber den kenn ich nicht gut, ich kann mich nicht recht an ihn erinnern. Es sind Zwillinge. Meine Mutter hatte eine kurze Affäre mit einem neuen Partner, ja, und daraus sind dann die Zwillinge entstanden. Kurz darauf ist diese Beziehung aber zerbrochen und auch dieser Vater hat sich aus dem Staub gemacht." „Scheint eine Familienkrankheit zu sein", meinte Amanda. Morgaine schaute sie irritiert an. „Oh, so habe ich das nicht gemeint. Ich mein nicht dich, aber die Männer deiner Mutter...", antwortete Amanda schnell. „Schon gut, du hast ja im Prinzip Recht", meinte Morgaine versöhnlich. „Wenn ich es mir überlege, versteht meine Mutter es auch vorzüglich, die Männer zu vergraulen. Sie war nur immer unzufrieden. Aber wohl auch überfordert mit der ganzen Situation. Und ich hab dann versucht zu helfen." „Und du hast dabei zu wenig an dich selber gedacht!", ergänzte Amanda den Satz. „Ja, vielleicht hast du Recht", seufzte Morgaine. „Nicht ‚vielleicht'! Sicher hab ich Recht!", meinte Amanda bestimmt. Morgaine fuhr fort: „Ich konnte nicht anders. Und damals hat das alles auch so gestimmt für mich." „Wirklich?" „Mir war es wichtig, dass es der Familie gut ging und später hatte ich meine Patienten im Krankenhaus. Ich hatte auch viel gelernt dabei. Gerade in den letzten Tagen wurde mir bewusst, dass ich vielleicht einiges verpasst hatte und ich war traurig darüber. Aber es nützt mir nichts, wenn ich jetzt versuche, die verschüttete Milch aufzuwischen." „Milch?", fragte Amanda irritiert. „Ja. Eine Redensart. Eine Metapher. Ein Sinnbild. Wie zum Beispiel: ‚Du hast ein Brett vor dem Kopf'. Dann meinst du ja auch nicht wirklich ein richtiges Brett, sondern nur die bildliche Sprache." „Aha, ja. Das kenne ich schon", meinte Amanda. „Aber warum spricht man eigentlich so? Warum sagt man denn nicht einfach, wie es ist?" Morgaine überlegte. „Es geht um eine Bildsprache, welche vielleicht tiefer erfassbar ist als nur Worte alleine. Du kannst einen Text schreiben und beschreiben, wie es ist, oder du kannst ein Bild malen, es dir vorstellen, wie auch immer. Es sind zwei Möglichkeiten, sich etwas anzuschauen, etwas auszudrücken. Die Traumsprache ist auch in Bildern. Wenn du Träume deuten willst, musst du die Bilder verstehen und deuten und weniger Texte." Amanda war beeindruckt. Darüber hatte sie sich noch nie wirklich Gedanken gemacht. „Wie kann man denn aus einem Bild oder Traum etwas herauslesen?", fragte sie neugierig. „Im Prinzip ist die Antwort ziemlich einfach: du musst fühlen und assoziieren", sagte Morgaine. „Welche Gefühle entstehen beim Betrachten? Die Gefühle sagen dir dann, was es für dich bedeutet. Und Gedanken zulassen. Was sind deine ganz persönliche Assoziationen zu einem Begriff? Welche Wörter fallen dir spontan ein, wenn du an diesen Begriff denkst? Der eine empfindet Freude, der andere Trauer, ein Dritter Lust beim Betrachten des selben Bildes. Ein Baum ruft bei den meisten Menschen ein Gefühl von Kraft und Erdverbundenheit hervor. Dem einen kommen dann die Wörter ‚Sommer, Wärme, Wind' in den Sinn, einem andern ‚grün, verwurzelt, stark,'. Was stimmt jetzt nun?" Morgaine machte eine Pause und Amanda einen etwas verwirrten Eindruck. „Keine Ahnung!" Morgaine fuhr fort: „Es stimmt alles! Es ist alles wahr! Nur halt für jeden etwas anderes. Was für den einen wahr ist, ist für den andern falsch. Schlussendlich ist DAS die Wahrheit." „Also, dann gibt es gar keine Wahrheit, welche für alle Menschen gilt!" Amandas Gesicht erhellte sich wieder. Morgaine überlegte. „Es gibt natürlich Dinge, die sind allgemeingültig und als wahr erklärt. Es gibt so in einem gewissen Sinne allgemeingültige Wahrheiten. Der Tisch ist braun, der Schnee ist weiss und so weiter, das ist einfach so und für jeden Menschen sehr ähnlich. Ein Kreuz wird für die gesamte Christenheit eine sehr ähnliche Bedeutung haben. Aber gehen wir einen Schritt weiter, zur ganz persönlichen Deutung, wird es schnell mal viel komplexer. Bleiben wir bei den Farben. Zum Beispiel die Farbe Rot steht für Wärme, Lust, Kraft, Gefahr und die Farbe Blau für Ruhe oder Kälte. Aber da haben wir schon, wie so oft, die zwei Seiten. Und für die persönliche Deutung brauchst du dein dazugehöriges Gefühl, die dazugehörigen Assoziationen. Die einen empfinden Rot als Wärme, Behaglichkeit, andere denken dabei an Feuer, verbinden das mit Gefahr und ein negatives Gefühl entsteht. Das kann sich natürlich auch ändern je nach Situation.

Manchmal entsteht dieser Mechanismus auch unbewusst und ist dir gar nicht erklärbar. Du siehst eine Kuh und hast plötzlich heftige Angst, aber du hast keine Ahnung warum. Die Verknüpfung ist dir noch unbewusst. Aber vielleicht musst du das ja auch gar nicht unbedingt wissen. Hauptsache, du spürst es einfach mal. Beginne mit den Assoziationen, was fällt dir jetzt spontan ein zu dieser Situation, zum Thema ,Kuh'? So kannst du viel über dich selber erfahren. Und vielleicht findest du mit der Zeit immer mehr heraus, was dahintersteckt. Die Seele möchte ja, dass du dich tiefer und besser kennenlernst. Vielleicht möchte sie dir auch schon lange etwas sagen, aber du hörst nicht hin. Sie spricht in Bildern und Gefühlen zu dir. Die Frage ist oft nur, wie sehr ist man bereit, sich selber kennenlernen zu wollen? Könnte es nicht sein, dass man im Spiegel nachher ein ganz anderes Gesicht sieht? Manchmal bist du glücklich darüber. Denn du hast eine wundervolle neue Seite entdeckt. Aber was du siehst, wird dir nicht immer nur gefallen!" „Und dann?", fragte Amanda. Sie fühlte sich sichtlich unwohl. „Auch dann hast du etwas gelernt und erfahren. Und das ist sehr viel. Und das war sehr mutig!"

Am nächsten Morgen fuhren Morgaine und Anne vom Einkaufen zurück. Auf dem Rücksitz stapelten sich mehrere Kartons und Taschen voll Esswaren und Setzlinge für den Garten. „Hast du etwas von meinem Vater gehört?", fragte Morgaine Anne. „Nein, leider nicht. Ich habe mehrmals versucht, ihn zu erreichen. Aber alles, was ich hörte, war seine Stimme auf der Mailbox! Ich hinterliess jedes Mal eine Nachricht, aber bis jetzt ohne Erfolg!" „Was macht er eigentlich beruflich?", fragte Morgaine. „Er arbeitet im Aussendienst in einer Firma, welche Berufskleider herstellt. Eigentlich müsste er auf dem Handy erreichbar sein. Ich verstehe das nicht und mache mir langsam Sorgen!" „Ich nehme an, dass er eine Geschäftsnummer hat für seine Kunden", meinte Morgaine. „Weiss er denn, dass dein Anruf etwas mit mir zu tun hat?" „Nein, ich habe ihn lediglich darum gebeten zurückzurufen. Wie fühlst du dich?" Anne warf ihr einen kurzen Blick zu. „Ich wünsche mir, dass sich mein Vater bald meldet. Ich möchte ihn kennenlernen, ich habe so viele Fragen an ihn und möchte wissen, wie er ist. Andererseits habe ich auch Angst davor und bin sogar froh, dass er sich noch nicht gemeldet hat. Verrückt, nicht?" „Nein, ich glaube, ich kann das gut verstehen. Es ist ja alles andere als leicht, nach so vielen Jahren einem Menschen zu begegnen, der einem eigentlich nahestehen sollte. Ich kann deine gemischten Gefühle gut nachvollziehen." „Hat er Kinder mit dieser neuen Frau?" „Nein, hat er nicht." „Und sonst? Wie ist er?" „Er ist gross, dunkelhaarig. Das habe ich dir ja schon mal erzählt. Er ist manchmal etwas zerstreut und nervös. Dass er sich manchmal gerne der Verantwortung entzieht, muss ich dir ja nicht sagen", meinte Anne etwas ironisch. Morgaine blieb still und wartete auf weitere Beschreibungen. „Von Gesundheit hält er nicht so viel. Er ist nicht übergewichtig, aber Sport interessiert ihn nicht. Ebenso wenig gesunde Ernährung. Am liebsten mag er ein grosses Stück Fleisch." Anne hielt kurz inne. „Ja, in etwa so würde ich ihn beschreiben." „Ich möchte ihn wirklich kennenlernen. Hoffentlich meldet er sich bald!" „Bist du nicht wütend auf ihn?", fragte Anne. „Ich versuche, Verständnis aufzubringen", antwortete Morgaine. „Dass du Verständnis zeigst, finde ich schön. Aber ich denke, es wäre gesund, wenn du all deine Gefühle zulassen würdest, Morgaine! Tust du das auch genügend?" Morgaine schaute sie an und schwieg. „Nein. Du hast Recht. Seit ich weiss, dass er lebt, fühle ich auch Enttäuschung und Wut, weil er uns verlassen hat", gab Morgaine zögerlich zur Antwort.

Morgaine atmete tief und dann brach es aus ihr heraus. „Ich bin auch traurig, weil ich zu wenig auf meine eigenen Bedürfnisse und Wünsche geachtet habe in dieser ganzen Situation. Ich habe meinen Geschwistern Lieder vorgesungen, die Pfannen geschrubbt, während andere in meinem Alter sich mit Gleichaltrigen vergnügt haben. Ich habe einen grossen Teil meiner Kindheit und Jugend einfach verpasst. Verdammt! Ich fühle mich oftmals so hilflos, wenn ich mit Gleichaltrigen zusammen bin. Ich bin so anders!" Sie schlug die Hände vor's Gesicht und begann zu weinen. Anne fuhr an den Strassenrand und schaltete den Motor aus. Sie berührte Morgaines zitternde Schultern und wartete, sie war einfach nur da und liess Morgaine ihren Raum. Eine grosse Last fiel in diesem Moment von Morgaines Schultern und sie war zutiefst dankbar für diesen Moment. „So viele Jahre habe ich verpasst! Ich habe keine Möglichkeit, sie zurückzuholen. Ich kann versuchen, jetzt und in der Zukunft das Beste daraus zu machen, aber die vergangenen Jahre sind für immer verloren! Das ist eine Tatsache, welche mich so traurig macht." Nach und nach versiegten die Tränen und Morgaine schaute auf. „Danke!", sagte sie nur. Anne lächelte. Morgaine fuhr fort: „Ich habe viel gelernt in dieser Zeit. Nur halt vielleicht etwas zur falschen Zeit. Ich bin viel zu früh in die Mutterrolle geschlüpft und es macht mich traurig und hilflos, weil ich so vieles verpasst habe. Aber vielleicht ist diese Sichtweise falsch." Sie schwieg. Anne streichelte ihre Schulter. „Nein! Auf gar keinen Fall! Gefühle können niemals falsch sein! Wenn du sie hast, dann sind sie für dich angebracht und wollen ausgedrückt und gelebt werden. Nur möglichst so, dass du niemandem dabei schadest. Es ist notwendig, deine Gefühle anzuschauen, um dich und die Situation besser zu erkennen. Und danach kannst du weiterfahren mit der Betrachtung einer andern Sichtweise, wenn du das willst." „Ja, ich weiss, was du meinst. Ich sehe auch das Positive. Ich kann andern gerade deswegen vielleicht so gut helfen und beistehen." „Ja, das ist ganz sicher so!", stimmte Anne ihr zu. „Es war, wie es sein musste. Es ist dein Weg. Und du warst, was du sein musstest. Und jetzt kannst du entscheiden, was du in Zukunft damit machen möchtest." Morgaine nickte. „Wir alle schwimmen in einem Fluss. Manchmal werden wir von ihm mitgerissen, so dass wir fast ertrinken, manchmal ist das Wasser trüb, so dass wir nichts sehen können. Wir fühlen uns hilflos und einsam. Manchmal können wir uns aber vom Wasser treiben lassen, das Schaukeln der Wellen spüren, wir fühlen uns getragen und wir können die Landschaft geniessen. Wir sehen bunte Fische im Wasser. Und manchmal ist da nichts Lebendiges mehr. Es geht nicht darum, aus diesem Fluss auszusteigen, weil das überhaupt nicht möglich ist. Es geht darum, Schwimmen zu lernen und sich einen Rettungsring zu formen, an dem wir uns im Notfall halten können! Nicht wahr?" „Ja, genauso sehe ich das auch!", meinte Anne.

Kapitel 8

Immer lauter drangen die Stimmen durch den Schleier. „Du kannst nicht! Du willst nicht! Du musst!" Ein schauderhaftes Lachen ertönte und wurde immer schriller. Dann eine sanfte Stimme und eine Hand streichelte ihr über's Gesicht. „ Es ist alles gut! Ich bin ja bei dir!"

Amanda schreckte auf. Sie war kurz eingenickt. Es war nur ein Traum. Langsam fand sie in die Wirklichkeit zurück und sie begann, langsamer zu atmen. Bestimmt hätte ihr Morgaine etwas zu diesem Traum sagen können. Sie hatte gesagt, dass man die Träume mit Hilfe von Gefühlen deuten kann. Sie fühlte Angst, als diese schreckliche Stimme gesprochen hatte und irgendwie Frieden, als diese Hand erschien. Und jetzt? Sie wusste nicht weiter. Morgaine hatte gesagt, dass die Träume aus Bildern bestehen. Aber in ihrem soeben geträumten Traum wurde viel gesprochen. Musste man das auch so zweideutig verstehen? Sie würde Morgaine fragen.

„Ok, ich will's versuchen. Ich will nicht immer dich als Vorgehfrau haben. Ich kann's alleine!" Amanda stand da und band sich ihre langen blonden Haare zu einem Pferdeschwanz zusammen. „Find ich super!", meinte Morgaine. „Brian ist sicher stolz auf dich!" „Wieso stolz? Es ist ja nicht

so schwierig, alleine in ein Krankenhaus zu gehen, oder?",
bemerkte Amanda etwas schnippisch. Morgaine lächelte.
„Nein, das an sich ist im Prinzip nicht schwierig." „Musst
du dich immer so kompliziert ausdrücken?" Amanda zog
sich einen Pullover über. Morgaine dachte darüber nach.
Aber sie fand nicht, dass sie sich kompliziert ausdrückte,
also schwieg sie. Amanda ging auch gar nicht weiter darauf
ein.

Der Krankenhausflur roch noch immer nach Desinfektionsmittel. Amanda wollte sich schon die Nase zuhalten,
liess es aber sein, als der behandelnde Arzt von Brian auf
sie zukam. „Guten Tag, Madame Gray." „Hallo", erwiderte
sie lässig. Der Arzt zwinkerte ihr zu und ging weiter. „So
einen sollte man sich angeln können", dachte sie. Vor der
Türe von Brian blieb sie stehen. „Oh Gott, was mach ich
hier!", murmelte sie. Sie atmete tief durch und stiess die
Türe auf. Leise schloss sie sie hinter sich. Brian lag noch
immer ruhig auf dem Bett, angeschlossen an diese ekelhaft piependen Monitore. Sie holte sich einen Stuhl und
setzte sich neben das Bett. Und jetzt? Sie fühlte sich alleine
ohne das Beisein von Morgaine. „Hallo Brian", begann sie.
Und nicht ohne Stolz in der Stimme fuhr sie fort: „Ich bin
heute alleine hier!" Wäre Brian jetzt wirklich stolz, wenn
er antworten könnte? Sie war sich nicht sicher. „Weisst du,
es wäre schon einfacher, wenn du reden könntest!" Sogleich aber bereute sie ihre Worte. Schliesslich konnte er ja
nichts dafür, dass er nicht sprechen konnte. Sie betrachtete
ihn. Seine blonden Haare waren ordentlich gebürstet. Die
Krankenschwestern schienen sich Mühe zu geben. Krankenschwester wäre definitiv nicht ihr Beruf. Den ganzen

Tag kranke Menschen betreuen, ihr Gejammer anhören, nein danke! Wie Morgaine das nur aushielt? Irgendwie bewundernswert. Aber sie schien sich glücklich zu fühlen in ihrem Beruf. Es war kein Opfer, das sie bringen musste, wenn sie die kranken Leute pflegte. Es war richtig für sie, sie war glücklich dabei. Oder etwa nicht? Was würde Morgaine jetzt tun? Sie hatte Brians Hand genommen und sie gehalten. „Sorry Brian, das kann ich nicht!", sagte sie laut in den Raum. Sie hatte erwartet, dass Brian fragen würde: „Was kannst du nicht?" Aber natürlich sagte er nichts. Er lag nur da und atmete. Wer war eigentlich schuld an dieser Situation? Er natürlich. Schliesslich hatte er den Wagen gefahren. Er hätte besser aufpassen müssen. Aber plötzlich war sie sich irgendwie nicht sicher, ob das stimmte.

„Na, wie war's?", fragte Morgaine. Sie arbeitete im Garten, als Amanda aus dem Wagen stieg. „Hey, das ist meine Frage!", antwortete Amanda mit gespielter Entrüstung und meinte dann versöhnlich: „Ganz okay." „Wie geht's ihm?" „Wie immer. Er liegt dort und sagt nichts!" Amanda gesellte sich zu ihr und begann, an Grashalmen zu zupfen. „Wer, glaubst du, ist schuld an diesem Unfall?", fragte Amanda. Morgaine blickte überrascht auf. Es war das erste Mal, dass Amanda eine solche Frage stellte. Sie legte die Gartenschere auf die Mauer, dachte nach und fragte dann: „Wie ist der Unfall denn passiert?" „Er fuhr in einen Felsen, welcher in die Strasse hineinragte. Er hat zuwenig aufgepasst!" Morgaine dachte weiter nach. „Ich glaube nicht, dass jemand von euch beiden schuld ist. Vielleicht kann man nicht mal von Schuld sprechen. Die Dinge geschehen manchmal einfach, wie sie geschehen müssen."

Amanda verdrehte die Augen. Sie hätte es wissen müssen, dass sie eine Antwort erhalten würde, die sie überhaupt nicht verstand. Sie entgegnete: „Aber nehmen wir an, ich würde ihn ablenken und daraufhin fährt er in einen Baum. Dann wäre es doch meine Schuld?" „Ja, du wärst dann auf jeden Fall daran beteiligt, dass es zu dem Unfall kam, da stimme ich dir zu. Und Brian wäre insofern daran beteiligt, dass er sich ablenken liess. Ich denke, in diesem Fall gehören zwei dazu." „Ist das so etwas mit den Wahrheiten? Es gibt keine klaren Antworten?" „Ja, das ist so, denke ich", entgegnete Morgaine schmunzelnd. "Oh je!", seufzte Amanda. „Die Welt ist halt nicht nur schwarz und weiss! Eine Frage ist auch, ob und wann man überhaupt von Schuld sprechen kann? Eine Schuld im negativen Sinne, meine ich. Es könnte ja auch sein, dass jemand ganz anders bestimmt, was geschehen soll, und du nur die ausführende Person bist." Morgaine stellte diese Frage bewusst provokativ. Amanda stieg darauf ein. „Das wäre aber toll!" „Ich kann tun und lassen, was ich will und dann behaupten, jemand anders habe das so bestimmt!" „Ja, gewisse Theorien bestätigen deine Aussage. Aber ich will dir meine Ansicht erklären. Ich glaube nicht, dass es so einfach ist", fuhr Morgaine fort. „Wichtig finde ich, dass du hinter dem stehen kannst, was du tust. Was du beabsichtigst. Stelle dir die Fragen: Was kann ich verantworten? Was stimmt für mich selber? Was für die andern? Was ist in der jetzigen Situation das Beste für mich und alle Beteiligten? Ich glaube, wenn du danach handelst, kann man nicht mehr von Schuld sprechen, auch wenn etwas schiefläuft. Du bist auch nur ein Mensch, der nicht mehr Möglichkeiten hat als nach deinem Stand des Wissens und Gewissens zu handeln. Und manchmal geschieht ein Fehler einfach auch aus einer blöden Situation heraus." Morgaine machte eine Pause. Amanda stand nur hilflos da. Sie schien das noch nicht genau zu verstehen. Morgaine fuhr fort um ihr zu helfen: „Oder ein anderer Gedanke: Hast du absichtlich gewollt, dass Brian einen Unfall macht?" „Nein, natürlich nicht!", rief Amanda. „Ich denke, dann kann man in deinem Fall nicht von Schuld sprechen. Dann hat es einfach so kommen müssen." „Und wenn ich es gewollt hätte? Wäre ich dann schuld?" fragte Amanda leise. „Dann gehen deine Frage und die Antwort sehr tief in die philosophische Materie hinein. Es handelt sich um die Frage, ob das Leben vorherbestimmt oder selbstbestimmt ist. Menschen, die erstere Theorie vertreten, würden dir dann sagen, dass dich keine Schuld trifft, weil der Plan vorgegeben ist. Du hättest gar nicht anders handeln können und deine Verhaltensweise ist gerechtfertigt, um dir selber oder jemand anderem etwas aufzuzeigen oder einen Lerninhalt zu bieten. Oder dein Unterbewusstsein hat dich geführt, so war es dir auch nicht bewusst, aber doch gewollt in einem gewissen Sinne. Die andere Theorie spricht von Schuld, weil du selbstbestimmt und absichtlich jemandem Schaden zugefügt hast. Weisst du noch, was wir über das Thema Wahrheit besprochen haben? Es gibt keine allgemeingültige Antwort! Ich denke, diese Frage muss jeder für sich selber beantworten." Morgaine nahm die Gartenschere wieder in die Hand. „Vielleicht ist es auch beides. Das Leben möchte, dass wir selbstbestimmt handeln und so verläuft das Leben dann nach dem vorgegebenen Plan. Oder wir gehen in die Schule des Lebens. Ein Lehrer führt uns durch das Programm und bestimmt die Lerninhalte.

Und wir müssen nach bestem Wissen und Gewissen entscheiden, um die Aufgaben zu lösen. Dass wir dabei Fehler machen, ist klar. Wir sind hier um zu lernen, nicht um zu können. Es gibt viele verschiedene Ansichten. Jeder muss für sich selber herausfinden, was für ihn wahr ist." „Ich hab den Unfall nicht gewollt", flüsterte Amanda. „Das weiss ich!" Morgaine umarmte sie und streichelte ihr blondes Haar. Amanda liess es geschehen. „Das weiss ich doch!"

Anne trat aus dem Haus, und verkündete aufgeregt: „Die haben soeben angerufen. Brian ist aus dem Koma erwacht!" Amanda starrte sie zuerst an und lachte dann. Morgaine erkannte in ihren Augen einen Schimmer Angst. „Morgaine, hilfst du mir? Ich weiss nicht, was ich jetzt machen muss!"

Kapitel 9

„Lass es auf dich zukommen!", beruhigte Morgaine sie. Amanda sass am Steuer und hielt sich verkrampft am Steuerrad. „Ja, das sagst du immer! Aber, ich weiss trotzdem nicht, was ich sagen soll! Ich weiss nicht, wie ich mich verhalten soll!" „Ich helf dir! Jetzt sind wir zu weit gefahren, hier war die Einfahrt." Morgaine zeigte nach hinten. „Oh, Mist!" Amanda fuhr in die nächste Seitenstrasse und wendete den Wagen. Sie parkierte ihn auf dem Parkplatz des Krankenhauses und sie traten ins Gebäude. „Er ist auf die normale Abteilung verlegt worden", teilte ihnen die Stationsschwester der Intensivstation mit, als sie sich nach Brian erkundigten. „Zimmer 212, im oberen Stock, rechts vorne!" Morgaine stiess Amanda leicht vorwärts, welche sich nicht vom Fleck bewegen wollte. „Da war es ja einfacher, als er noch bewusstlos war!", murmelte Amanda. Morgaine stupste sie mit dem Zeigefinger in den Rücken. Sie fuhren mit dem Lift in den oberen Stock und suchten das Zimmer 212. „Es ist sicher nur der erste Moment, welcher etwas schwierig ist. Ich bin sicher, Brian freut sich, dich zu sehen!", Morgaine öffnete die Tür.

Das Zimmer war freundlicher und heller. Brian lag im Bett und schien zu schlafen. Er hatte immer noch einen Schlauch in der Nase und eine Infusion am Arm, aber die piependen Monitore waren verschwunden. Er schien gehört zu haben, dass jemand ins Zimmer gekommen war, denn jetzt schlug er die Augen auf. Langsam hob er die Hand. „Hi!" Morgaine trat ans Bett. Amanda blieb an der Türe stehen. Es war nicht zu übersehen, dass sie am liebsten rückwärts aus dem Zimmer gerannt wäre. „Hallo! Ich bin Morgaine, eine Freundin von Amanda. Wie geht's dir?" „Mmh, es geht besser, glaube ich. Ich war wohl eine Zeitlang nicht da!" Brian versuchte zu grinsen. Amanda war neben Morgaine ans Bett getreten. Sie hob die Hand. „Hi!" „Hallo! Schön, dass ihr gekommen seid!" Amanda verzog den Mund zu einem zaghaften Lächeln und warf Morgaine einen fragenden Blick zu. Diese lächelte ihr aufmunternd zu. „Ich darf leider noch nicht raus, sonst hätten wir in der Cafeteria etwas trinken können.", entschuldigte sich Brian. „Oh, das ist kein Problem! Wir bleiben einfach hier, solange es dich nicht zu sehr anstrengt." „Ihr strengt mich nicht an", antwortete Brian schnell. „Ich freue mich wirklich, dass ich Besuch kriege! Es ist manchmal ziemlich langweilig hier." „Du warst ja gar nicht wach, wie konnte es dir langweilig sein?", fragte Amanda erstaunt. Brian hob eine Hand, wie um damit zu sagen, er wisse es selber nicht. „Ich habe dich ein paar mal besucht", sagte Amanda. „Das letzte Mal sogar alleine!" „Ja, die Schwester hat's mir erzählt. Schade, dass ich dann nicht mit euch plaudern konnte! Nehmt euch doch einen Stuhl und setzt euch." Amanda holte zwei Stühle, sie fühlte sich schon wesentlich sicherer. „Was ist mit dem Wagen?", fragte Brian. „Der ist auf dem Schrottplatz!" Brian verzog das Gesicht. „Schade! Aber wenigstens leben wir noch!" „Ich wohne bei Morgaines Grossmutter. Nach dem Unfall bin ich zu ihnen gelaufen um Hilfe zu holen", sagte Amanda stolz. „Dann bin ich wohl euch beiden zu Dank verpflichtet", meinte Brian aufrichtig. „Red keinen Quatsch!" Morgaine schüttelte den Kopf. „Wir sind beide froh, dass du wieder aus dem Koma erwacht bist!" „Ja, ich bin auch froh!" Amanda erzählte von der letzten Zeit. Sie zeigte ihre Wunde am Kopf, worauf Morgaine und Brian ihre Augen verdrehten. Sie schwieg einen Moment beleidigt, aber fuhr dann mit ihrer Erzählung fort. Morgaine war froh, dass das Eis gebrochen war. Die beiden unterhielten sich prächtig und sie verliess, unter dem Vorwand, auf die Toilette zu müssen, das Zimmer. Die beiden sollten eine Zeitlang alleine sein dürfen.

Auf dem Flur sah sie einen Mann und eine Frau, welche mit dem Arzt diskutierten. Der Mann glich Brian in einer Weise, die keine Zweifel offen liess: Es musste sein Vater sein. Und die Frau wohl seine Mutter. Auweia! Sollte sie Amanda warnen? Aber es war schon zu spät. Die beiden verabschiedeten sich vom Arzt und kamen geradewegs auf Morgaine zu. Sie konnte nicht verhindern, dass sie an ihr vorbeigingen, die Türe öffneten und überrascht stehen blieben.

Amanda trat wenige Minuten später aus dem Zimmer. Morgaine sass auf einem Stuhl im Krankenhausflur. „Ich konnte leider nichts mehr tun, um sie aufzuhalten." Morgaine zuckte mit den Schultern. „Hey, kein Problem! Die sind voll nett!", antwortete Amanda. „Brian hat mich als seine Freundin vorgestellt." Amanda strahlte bei diesem Satz übers ganze Gesicht. „Die haben mir nicht mal Löcher in den Bauch gefragt. Sie haben nur gemeint, dass sie mich in diesem Fall ja dann bald wieder sehen würden." „Das freut mich für dich! Siehst du, es war gar nicht schlimm!" „Jetzt sprichst du schon wieder wie mit einem Kind mit mir!", wies Amanda sie zurecht. Morgaine kicherte. „Komm, wir gehen!" Amanda zog sie am Arm durch den Krankenhausflur zum Lift.

„Ist cool, dass ich mitkommen kann! Ich bin ja gespannt auf deinen Robert." Amanda sass am Steuer, sie waren auf dem Weg zu Robert und den Pferden. Morgaine wollte ihr Versprechen, Amanda auf einen Ausritt mitzunehmen, einlösen. So würden sie heute zu dritt mit den Pferden unterwegs sein, sie wollten sogar in der Wildnis übernachten. Es war Roberts Vorschlag gewesen und Amanda hatte zuerst gezögert. („In einem Zelt übernachten? Da hole ich mir ja den Tod auf diesem harten Boden.") Andererseits aber liebte sie Abenteuer und wollte sich diese Gelegenheit nicht entgehen lassen. Sie fuhren gerade vor die Stallungen und parkierten. Robert war damit beschäftigt, einen Sattel zu putzen, drehte sich um und legte den Lappen weg. Er winkte den beiden zu, aber seine Hand sank schnell wieder, wie wenn ihn jemand geschlagen hätte. „Scheisse!", entfuhr es Amanda. „Was ist los?", fragte Morgaine verwundert. „Ich kenn den!", raunte ihr Amanda zu. „Woher?" Amanda konnte nicht mehr antworten, denn Robert öffnete die Autotüre und streckte Amanda die Hand hin. „Hallo!" Er wirkte dabei seltsam kurz angebunden, wie Morgaine fand. Was war da nur los? Morgaine stieg aus und Robert kam ihr entgegen, umarmte sie und drückte ihr einen leichten Kuss auf den Mund. Morgaine wurde leicht schwindlig, es war zu schön und zu aufregend, Ro-

bert zu küssen und ihm nahe zu sein. „Wie geht's dir?",
fragte Robert. „Gut, danke!", Morgaine lächelte. „Ich
freue mich, dass du hier bist!" Robert liess sie los. Morgaine fiel auf, dass er ‚du' und nicht ‚ihr' sagte. „Ich bringe
den Sattel in die Kammer und bin dann gleich bei euch,
um die Pferde zu holen, ok?" „Ja klar." Morgaine hatte das
Gefühl, dass Robert flüchten wollte, um seine Verwirrung
zu verbergen. Vielleicht auch, weil er es Amanda überlas-
sen wollte, die Stimmung erklären zu müssen. „Was ist
los?", fragte sie, sobald Robert weg war. „Wir kennen uns",
begann Amanda. „Brian hat doch in den USA auch mit
Pferden zu tun. Und wir waren ganz am Anfang unserer
Reise hier auf einem, äh, wie sagt man dem? Pferdetreffen?
Da habe ich Robert kennengelernt. Und naja, wir haben
uns gut unterhalten." „Unterhalten?" „Etwas mehr als
unterhalten vielleicht", gab Amanda geknickt zu. „Weiss
Brian davon?" „Nein, sicher nicht! Wir waren auf einer
Toilette. Nur kurz!" „Nur kurz", wiederholte Morgaine.
Sie war verwirrt, aber nicht böse auf Amanda. Schliesslich
war das, bevor sie die beiden kennengelernt hatte. Zudem
hatte die innige Begrüssung vorher ganz offensichtlich nur
ihr gegolten. Aber sie hätte Robert nicht so eingeschätzt,
dass er sich auf kurze Abenteuer einlassen würde. War das
ein einmaliger Ausrutscher oder kam das immer wieder
vor? War sie auch einfach nur ein kurzes Abenteuer? Nein,
das konnte sie sich nicht vorstellen. „Robert kann nichts
dafür!", erklärte Amanda, als ob sie die Gedanken von
Morgaine erraten hätte. „Naja, dazu gehören aber meines
Wissens zwei!", bemerkte Morgaine trocken. „Ja, sicher gehören zwei dazu. Ich glaube nur, ich habe etwas mehr dazu
beigetragen, als Robert. Ich habe ihn so lange bearbeitet,

bis er mitgekommen ist!" „Was meinst du mit ‚bearbeiten'?" „Oh Morgaine, muss ich dir die Details erklären? Ich fühle mich schon genug schlecht. Robert ist kein Typ für solche Abenteuer. Ich wollte einfach eine Eroberung mehr." Den letzten Satz sagte Amanda ganz leise. „Ich habe meine weiblichen Reize spielen lassen und dann war Alkohol im Spiel. Ich habe dafür gesorgt, dass er genug trinkt. Ich habe ihn nachher nicht wieder gesehen. Bis vorhin. Ich glaube, er hat sich geschämt. Und ich schäme mich auch. Es tut mir leid. Ich wusste doch nicht, dass es so kommen würde." Amanda blickte zu Boden. Morgaine schwieg. Sie war immer noch nicht böse auf Amanda. Es genügte ihr zu wissen, dass es nicht Robert war, der die Initiative ergriffen hatte. Natürlich war er beteiligt an dieser Geschichte. Er hätte dafür sorgen müssen, dass sein Alkoholkonsum im Rahmen blieb, aber sie schätzte Robert nicht so ein, dass eine solche Angelegenheit des öftern vorkam. Sie glaubte Amanda und sie fand es fair, dass sie nicht versuchte, Robert die ganze Schuld zuzuschieben. „Du hast keinen Braten anbrennen lassen, nicht wahr?", stellte Morgaine fest. „Braten? Aha..., nein", gab Amanda zu. „Ich brauchte die Bestätigung, dass ich attraktiv bin. Und es machte mir Spass." Sie schwiegen wieder. „Bist du mir böse?", fragte Amanda. „Nein, das war ja, bevor wir uns kennengelernt haben. Versprich mir nur, dass du jetzt die Hände von ihm lässt!" Morgaines Stimme klang scharf. „Ja, das verspreche ich dir! Hoch und heilig! Zudem bin ich sicher, dass er nur Augen für dich hat!", meinte Amanda eifrig. „Komm, wir gehen zu Robert!" Morgaine zeigte auf die Stallung. „Ich bin so froh, dass du mir nicht böse bist!", sagte Amanda. „Ist schon ok!", gab Morgaine versöhnlich zur Antwort.

Sie fanden Robert in der Sattelkammer. Als sie eintraten, drehte er sich um. „Ich habs ihr erzählt. Ich hab ihr gesagt, wie es war und sie ist nicht böse." Amanda zeigte mit dem Zeigfinger auf Morgaine. „Okay", meinte Robert nur, aber er wirkte erleichtert, als er Morgaine lächeln sah. „Welches Pferd bekomme ich heute?", fragte sie. „Naja, du kannst dir eins aussuchen auf der Weide", meinte er augenzwinkernd. „Kommt, gehen wir!"

„Hier übernachten wir", rief Robert den beiden Frauen zu, die hinter ihm ritten. Er selber ritt voraus mit einem Pferd an der Hand, welches ihr ganzes Gepäck trug. „Gott sei Dank!", murmelte Amanda. Sie wirkte müde. „Bist du schon mal geritten?", fragte Morgaine. „Nicht wirklich", stöhnte Amanda. Morgaine war auch müde und froh, dass sie ihr Ziel erreicht hatte. Es war ein Plätzchen an einem Fluss auf einer Wiese, ähnlich dem Platz, an welchem sie mit Robert gepicknickt hatte. Ob er dieses Mal Messer und Gabel eingepackt hat, fragte sie sich und musste über sich selber schmunzeln bei diesem Gedanken. Amanda betrachtete sie. „Worüber lachst du?" „Nichts." Amanda war zu müde, um weitere Fragen zu stellen. Robert hatte sich aus dem Sattel geschwungen und seine beiden Pferde an einem Baum angebunden. Er nahm die Pferde von Morgaine und Amanda am Zügel. „So, absteigen die Damen!" „Nichts lieber als das, mir tut alles weh!", klagte Amanda. Robert bedachte sie mit einem spöttischen Blick. Sie befreiten die Pferde von Sattel und Zaumzeug und führten sie zum Fluss, um sie zu tränken. „Hier gibt's viele Fische. Wir können sie fangen für unser Nachtessen", schlug Robert vor. Amanda verzog das Gesicht. „Du glaubst aber nicht, dass ich hier Fische fange!" Auch Morgaine war nicht gerade begeistert von diesem Gedanken, sie brachte es sowieso nicht übers Herz, ein Tier zu töten, geschweige denn, es nachher essen zu müssen. „Dann eben nicht!", meinte Robert lachend. „Ich hab ein Gewehr mitgenommen. Wir können jagen gehen!" Als er die entsetzten Blicke seiner Frauen sah, musste er schmunzeln. „Keine Angst, war ein Witz! Ich würde euch so etwas nie zumuten!" „Das will ich hoffen!", brummte Amanda. „Aber die Zelte aufbauen und etwas kochen müssen wir schon!" Robert nahm seine Pferde, welche anscheinend genug getrunken hatten. „Wer macht was?" „Naja, ich denke, im Kochen bin ich nicht schlecht", schlug Morgaine vor. „Super! Dann kann Amanda mir beim Zeltbau helfen!" Amanda stöhnte auf. „Mir bleibt aber auch nichts erspart. Muss ich wirklich?" „Wäre nett! Kommt!" Amanda zog am Zügel ihres Pferdes. Aber dieses zog den Kopf gleich wieder nach unten, um Gras zu fressen. „Komm schon, du Biest!", rief sie wütend und zog erneut am Zügel. Robert kam ihr zu Hilfe. „Mach es mit etwas mehr Gefühl. Mit Gewalt erreichst du nichts, ausser Gegenwehr. Zeige Bestimmtheit, dann kannst du es führen! Schau, ich zeige es dir!" Er fasste das Pferd am Zügel und ging los, ohne das Tier anzuschauen, in jene Richtung, in welcher er mit ihm gehen wollte. Das Pferd folgte ihm bereitwillig. „Wow!", entfuhr es Amanda. Morgaine lächelte. Sie war froh, dass sich die Situation zwischen den beiden entspannt hatte. Sie wollte keine Streit. Sie wollte nur die Zeit geniessen mit den beiden Menschen, die sie so ins Herz geschlossen hatte.

Kapitel 10

„Es tut mir leid! Dass das passiert ist, meine ich." Amanda sass mit Robert am Feuer. Es dämmerte bereits. Morgaine hatte aus den Esswaren, die Robert mitgenommen hatte, ein Festmahl gezaubert. Nun war sie damit beschäftigt, im Fluss das Geschirr und den Topf auszuwaschen. „Es ist okay. Ich bin froh, dass du Morgaine die Wahrheit erzählt hast. Es hätte mich sehr verletzt, wenn Morgaine denken würde, dass ich das mit jeder Frau so mache." Robert blickte sie an: „Du bist eine wunderschöne, wahnsinnig attraktive Frau. Wenn du deine Waffen ausfährst, dann wird es für einen Mann schwierig!" Amanda lächelte geschmeichelt. Robert fuhr fort: „Im Normalfall weiss ich mich gegen solche Waffen zu wehren. Mit einer Frau zu flirten ist in Ordnung. Dass sie sexuelles Verlangen in mir weckt, hab ich nicht ungern, das gebe ich zu. Aber tatsächlich mit einer Frau zu schlafen, ist etwas anderes. Ich möchte mir solch intime Momente für eine Frau aufsparen, die ich liebe. Ich würde mich nachher, trotz der sexuellen Befriedigung, ausgenutzt fühlen. Es gibt sicher Männer, die das anders sehen. Du kennst sicher einige davon." „Ja", antwortete Amanda. Robert warf einen Ast ins Feuer und fuhr weiter: „Und das ist in Ordnung. Jeder soll dieses Thema handhaben, wie es für ihn richtig ist. Für mich stimmt es nur so, wie ich es dir gerade erzählt habe. Ich hatte zuviel getrunken und dann ist es passiert. Ich wusste nicht mehr, wo mir der Kopf steht. Ich trinke sonst nicht viel Alkohol." „Ich habe nicht dafür gesorgt, dass du aufhörst zu trinken, sondern weiter nachgeschenkt", gab Amanda geknickt zu. „Das war ein Fehler, es tut mir leid." „Allerdings! Das war ein Fehler!", erwiderte Robert scharf. „Ich hätte meinerseits dafür sorgen müssen, dass es nicht soweit kommt. Jetzt bin ich gewarnt. Das Ganze traf mich schon ziemlich hart." „Hat's dir wenigstens gefallen?", fragte Amanda leise. „Ich weiss nicht mehr allzuviel von dieser Szene." Amanda senkte den Kopf. Robert fragte: „Hast du schon mal mit einem Mann geschlafen, den du liebst?" „Was meinst du damit?" Amanda blickte ihn an. „So, wie ich es sage. Hast du schon mal einen Mann geliebt? Die Schmetterlinge im Bauch, wenn du nur an ihn denkst, das Verlangen, in seiner Nähe zu sein, ihn zu berühren... All das." Amanda schwieg. Morgaine kam mit den gewaschenen Töpfen zurück. „So, die sind sauber!" „Danke, Morgaine. Auch für das ausgezeichnete Essen!", sagte Robert. Morgaine lächelte. „Ihr hattet ja auch Arbeit mit dem Zelt!" „Oh, erinnere mich nicht daran! Es war der Horror, das aufzustellen!" Amanda warf die Hände in die Luft. „Also, das meiste habe ja ich gemacht", meinte Robert trocken. „Trotzdem! Ich bin hundemüde und muss noch schuften!", seufzte Amanda. „Wir sind alle ziemlich müde, denke ich", sagte Robert. „Es geht halt nicht immer nach dem Lustprinzip im Leben. Manchmal müssen Dinge einfach getan werden, ob man Lust hat, oder nicht, ob man müde ist oder nicht!" Amanda warf ihm einen bösen Blick zu, dann zwinkerte

sie den beiden zu. „Also, ich gehe schlafen. Gute Nacht!"
Sie stand auf. „Gute Nacht!", antworteten ihr Morgaine
und Robert im Chor. Sie warteten, bis Amanda im Zelt
verschwunden war. „Es ist wunderschön hier draussen!", sagte Morgaine. „Schau mal, der Sternenhimmel",
sie zeigte nach oben. Mittlerweile war es ganz dunkel
geworden. Das Feuer brannte noch und warf tanzend
Schatten auf die Umgebung. Robert legte den Arm um
Morgaine und sie liess es geschehen. Sie fühlte sich wun-
derbar geborgen und rundum glücklich. Robert zog sie
an sich und küsste sie zärtlich. Sachte strich er ihr über
den Rücken und seine Hände wanderten nach vorne.
Morgaine zuckte kurz zusammen, als er ihre Brüste berührte, stöhnte aber auf, als sein Griff drängender wurde.
Langsam, ganz langsam, aber mit einer unglaublichen
Intensität liessen sie sich treiben. Als das Feuer nur noch
aus einer schwach leuchtenden Glut bestand, war ihnen
das vollkommen egal.

„Oh, das war nicht cool! Mein Rücken schmerzt und
meine Beine sind ganz steif." Amanda kletterte aus dem
Zelt. „Guten Morgen. Wie wollen Hoheit Ihr Morgenessen?", begrüsste Robert sie. Er war dabei, Äste in die Feu-
erstelle zu beigen. Amanda schaute ihn an. „Die Nacht
scheint dir gut getan zu haben!" „Wie meinst du das?",
fragte Robert scheinheilig. „Mach mir nichts vor. Ich
kenn mich aus. Ich seh das einem Mann an, wenn er eine
kurze und aktive Nacht hatte! Zudem leuchten deine
Augen! Wo ist Morgaine?" „Sie ist am Bach unten und
holt Wasser für den Morgenkaffee." „Das ist aber nett!",
gähnte Amanda. Während des Frühstücks sprachen sie

nicht viel und danach begannen sie, das Zelt abzubauen und das Feuer zu löschen. Dann sattelten sie die Pferde und ritten los.

Der Rückweg war nicht so lang, da Robert eine Abkürzung nahm. Sie sprachen nicht viel. Sie waren alle drei in Gedanken versunken. Morgaine und Robert schwelgten in der Erinnerung der letzten Nacht und Amanda war einfach nur müde. „Ist ja unmöglich, sich in einem solch unbequemen Zelt zu erholen", hatte sie gemeint. Robert und Morgaine hatten nur gelacht.

Gegen Mittag trafen sie auf dem Hof von Robert ein, versorgten die Pferde und Morgaine und Amanda machten sich auf den Heimweg.

Zuhause genossen sie eine ausgiebige Dusche und sassen nachher im Wohnzimmer mit einer Tasse Tee und Kuchen. „Hallo Morgaine! Wo bist du?" Amanda wedelte mit der Hand vor Morgaines Gesicht herum. „Hä, entschuldige..." „Es muss eine tolle Nacht gewesen sein!" Amanda kicherte. „Ja, war es. Robert ist wundervoll. Er ist so einfühlsam und zärtlich", antwortete Morgaine und betrachtete sie abwesend. „Aber du kennst ihn ja auch..." „Nein, ich kenne ihn nicht. Das, was du erlebt hast, war etwas ganz anderes. Ich glaube kaum, dass man mein Abenteuer mit dem, was du erlebt hast heute Nacht, vergleichen kann!" Morgaine schaute sie erstaunt an. Sie hätte nicht erwartet, dass Amanda diesen Unterschied erkennen würde. „Hast du jemals einen Mann geliebt?", fragte sie. Amanda erinnerte sich daran, dass Robert sie genau das Gleiche gefragt hatte. „Was ist Liebe?", fragte Amanda seufzend. „Eine der höchsten philosophischen und religiösen Fragen!", schmunzelte Morgaine. „Oh nein, heute keine Philosophie! Ich bin zu müde!", stöhnte Amanda. „Aber ich erzähle dir, wie das so war bei mir. Als ich 15 Jahre alt war, habe ich mich zum ersten Mal verliebt. Er war 18 Jahre alt und sehr gutaussehend!" „Das kann ich mir denken!" Amanda puffte sie in die Seite und fuhr weiter: „Er hat mich ins Kino eingeladen und nachher ins Bett. Es war das erste Mal für mich. Es hat ziemlich weh getan. Nach ein paar Monaten bekam ich genug von ihm. Die schönen Gefühle, die Schmetterlinge waren nicht mehr da, so machte ich Schluss." „Die Schmetterlinge sind wahrscheinlich meistens am Anfang aktiv und nachher nicht mehr so oft. Die Beziehung muss sich wandeln können in etwas Tieferes", meinte Morgaine. „Du sprichst aber nicht aus Erfahrung, oder?", fragte Amanda. Die Frage war nicht ironisch gemeint, sondern rein sachlich. Morgaine fühlte sich auch nicht angegriffen. „Nein, bis jetzt nicht. Aber ich habe mir trotzdem viele Gedanken darüber gemacht." Amanda fuhr weiter: „Das mit den Schmetterlingen, die verschwinden, kenn ich. Das hat mir schon mancher Mann erzählt. Aber ich mag halt gerne Schmetterlinge! Was nachher kommt, stell ich mir ziemlich öde vor. Man gewöhnt sich aneinander. Die Frau wäscht die Socken und der Mann verbringt seine Abende im Büro bei der Sekretärin." „Bei deinen Eltern war es aber auch nicht so, oder? Da sind beide ja im Berufsleben aktiv." „Ja, sind sie. Aber von Beziehung kann man da wohl auch nicht mehr sprechen. Sie sehen sich ja kaum." „Ich glaube, die Intensität der Beziehung und der Liebe hängt nicht davon ab, wie oft man sich sieht, sondern wie die emotionale Bindung ist. Man kann zusammen leben, zusammen in die Ferien gehen, aber man fühlt sich überhaupt nicht mehr miteinander verbunden. Andere Paare werden eine

Zeitlang getrennt, zum Beispiel durch beruflichte Verpflichtungen. Sie schreiben einander täglich, wie sehr sie sich lieben. Was glaubst du, welche Beziehung mehr Liebe enthält? Welche ist echter und tiefer?" Das war natürlich eine rhetorische Frage. „Die zweite", antwortete Amanda brav. „Ja, das sehe ich auch so. Liebe besteht aus so viel mehr als aus zusammenwohnen. Man muss die Liebe pflegen, sonst geht sie kaputt. Sie braucht eine gesunde Ausgewogenheit zwischen persönlicher Freiheit und Nähe. Fürsorge und Respekt." Amanda kaute auf ihrer Unterlippe. „Darf ich dich etwas fragen?", fragte Morgaine. „Ja, klar!" „Warst du in Robert verliebt?" „Nein. Es war nur der Reiz, ihn verführen zu können", antwortete Amanda ziemlich schnell und Morgaine glaubte ihr. „Warst du in Brian verliebt, oder bist du es?" „Mmh", Amanda überlegte. „Am Anfang war ich ziemlich fasziniert von ihm. Ich glaube, dass ich Schmetterlinge gespürt habe. Dann haben wir begonnen, zusammen umherzureisen und dieses Gefühl hat mit der Zeit nachgelassen. Der Reiz, ihn immer wieder verführen zu können, blieb aber." Sie zögerte einen kurzen Moment und sagte dann: „Und dann machte er mir den Heiratsantrag. In der Nacht vor dem Unfall." „Ja, das hast du mir erzählt." „Ich habe abgelehnt. Ich will mich nicht binden." „Ich kann mich erinnern, dass wir darüber gesprochen haben", sagte Morgaine nachdenklich. „Vielleicht war ich damals etwas zu hart? Ich habe dir vorgeworfen, dass du nur mit ihm gespielt hast. Das war wohl unfair, oder?" „Naja, so wie du mich damals gekannt hast, war es eine logische Schlussfolgerung. Mit den allermeisten Männern habe ich tatsächlich nur gespielt. Und ich glaube, ehrlich gesagt, dass ich es mit Brian auch nicht länger ausgehalten hätte als bis nach unserer Reise. Ich wäre danach ziemlich sicher wieder meinen eigenen Weg gegangen. Aber dieser Unfall hat mich irgendwie näher zu ihm gebracht." „Mir ist klar, was du damit meinst. Abgesehen von alldem, ist es ja auch dein gutes Recht, Nein zu sagen", meinte Morgaine. „Ihr kennt euch auch erst seit Kurzem, da hätte ich auch abgelehnt. Wahrscheinlich hat er dir den Antrag gemacht, weil er Angst hatte, dass du sonst abspringen würdest." „Ja, kann sein", sagte Amanda. „Was ich, wie gesagt, ziemlich sicher auch getan hätte nach unserer Reise. Aber irgendwie mag ich ihn schon sehr! Aber wie es weitergehen soll, weiss ich nicht so genau", fügte sie leise hinzu. „Ja, das glaube ich dir. Wahrscheinlich musst du das auch gar nicht wissen. Lass es..." „... auf dich zukommen!", beendete Amanda den Satz. Sie mussten beide lachen. Morgaine sprach weiter: „Ich glaube dir auch, dass er dir wichtig ist, sonst hättest du die Aufgabe, ihn im Krankenhaus zu besuchen, nicht auf dich genommen. Das war doch ein ziemlich schwieriger Schritt für dich, oder?" „Was du immer alles weisst!", sagte Amanda gespielt gereizt. Morgaine grinste. „Wie geht's eigentlich weiter mit dir und Robert, wenn du wieder in die Schweiz zurückkehrst?", fragte Amanda. „Das weiss ich noch nicht." „Wann musst du wieder arbeiten?" „Ich habe zwei Monate unbezahlten Urlaub, so lange bleibe ich hier. Wir werden sehen, was passiert in diesen zwei Monaten." Amanda zögerte. „Meinst du... meinst du, es ist zu spät für eine Ausbildung? Ich könnte dann eigenes Geld verdienen und so." Morgaine wusste, dass Amanda die Antwort eigentlich kannte. Was sie wollte, waren ein paar ermunternde Worte, welche sie ihr gerne geben wollte. „Nein, es ist nicht zu spät! Du bist ja noch so jung! Was würdest du denn am Liebsten tun?" „Ich mag Sprachen. Und ich mag Reisen. Vielleicht könnte ich Reiseleiterin werden oder so!" „Das finde ich eine super Idee! Das würde auch sehr gut zu dir passen. Die Männer würden sicher in Scharen deine Reisen buchen!" „Hey, ich mach's nicht wegen der Männer!", Amanda puffte sie in die Seite. „Aua! Bist du sicher?" „Also, wenn's ein paar heisse Typen in meinen Gruppen haben wird, habe ich sicher nichts dagegen!" „Siehst du! Das tönt schon eher nach Amanda Gray", lachte Morgaine. „Aber ich geh mit ihnen nicht in öffentliche Toiletten! Auf jeden Fall nicht, solange Brian mich noch mag!" Morgaine schaute sie skeptisch an. Wieder mussten beide lachen.

„Dein Vater hat angerufen!" Anne trat in Morgaines Zimmer. Sie war wieder alleine und las in einem Buch. „Oh!", antwortete sie. „Was hat er gesagt?" „Er kann uns nächste Woche besuchen! Er kommt am Samstagnachmittag vorbei. Er kommt alleine, ohne seine Frau." „Oh. Mmh, ja, das ist eine Überraschung. Ich bin sehr gespannt, ihn kennenzulernen. Aber ich habe auch etwas Angst davor." Morgaine stand auf, ihr war schwindlig. Sie trat zum Spiegel und betrachtete ihr Gesicht. Plötzlich fühlte sie sich schwach. Dann wurde es schwarz vor ihren Augen. Dann kam nichts mehr. „Um Himmels Willen, Morgaine!", rief Anne und kniete sich neben sie auf den Boden. Sie fühlte ihren Puls, er war schnell, aber stark. Amanda trat durch die Türe. „Was ist los?","Schnell, ruf Dr. Marceau. Die Telefonnummer findest du neben dem Telefon!"

Epilog

Ein Schauder durchfuhr ihren Körper. Durch die Frontscheibe drangen die ersten Strahlen der Frühlingssonne und liessen Schatten auf ihrem Gesicht wandern. Die Hände gegen das Steuerrad gestemmt, warf sie den Kopf in den Nacken und dehnte den Oberkörper durch, wobei sich die schwarze Bluse über ihren Brüsten spannte. Mit einem tiefen Seufzer liess sie sich in den Sitz zurückfallen. Diese Staus waren schrecklich. Sie zwangen einem zum Nachdenken. Amanda blickte in den Rückspiegel, strich die widerspenstige Haarsträhne aus den Augen und setzte die Sonnenbrille auf. Morgaine?

Morgaine hätte jetzt einfach geschwiegen, und das wäre richtig gewesen. „Worte sagen nichts", hatte sie einmal gesagt. Morgaine hatte manchmal in Rätseln gesprochen, und wer sie zu lösen vermochte, fand immer eine Wahrheit.

Endlich konnte sie in die Einfahrt einbiegen und den Wagen zwischen den spriessenden Bäumen parkieren. Der Motor starb ab. Amanda angelte nach ihrer Handtasche auf dem Nebensitz und stieg aus dem Wagen. Einen Moment hielt sie inne. Aber da war nichts. Nichts. Wieso nur?

Der Weg bis zum eisernen Tor war weit. Es stand offen. Einladend, bedrohlich, endgültig. Das Kies knirschte unter ihren hochhackigen Schuhen, als sie Schritt für Schritt, den langen, von Bäumen gesäumten Weg darauf zuging.

Vor der kleinen Kirche hatten sich die andern versammelt. Jetzt gab es kein Zurück mehr. Die gedämpften Stimmen klangen plötzlich von weit her. Jemand sagte: „Gut, dass du da bist, wir haben auf dich gewartet." Sie sah die weiche, runzlige Hand auf ihrem Arm und zuckte zusammen. „Ja..." „Geht's?" „Ja!" Ein kleiner Zug von Menschen schritt schweigend den dunklen, kühlen Gang entlang und verteilte sich links und rechts in die hölzernen Bänke. Amanda liess sich in der vordersten Reihe auf der harten Fläche nieder. Und hier sass sie, allein. Sie hörte sich atmen, sie fühlte ihren Herzschlag und Steine im Bauch. Und da war noch etwas anderes. Etwas, das sie nicht verstehen konnte und doch klar erschien. Ihre Augen starrten auf den hölzernen Sarg vor dem Altar und dann auf das weisse Gesicht. Morgaine lächelte ein bisschen, als ob sie in einen wunderschönen Traum versunken wäre. Jemand hatte ihr dunkelbraunes Haar gebürstet. „Morgaine", flüsterte sie, und jetzt klang es wie ein Gebet. Sie war da. Und mit ihr kamen endlich die Tränen. Unaufhaltsam.

Niemand beachtete den Mann, der in diesem Moment das Innere der Kirche betrat und sich in der letzten Reihe niederliess. Er kam zu spät.

„Oh mein Gott! Morgaine! Morgaine!" „Ist ja gut, ich bin ja hier!" Morgaine streichelte sanft ihr Gesicht. „Morgaine, du bist gestorben! Du sahst so friedlich aus! Und du warst da! Ich konnte alles verstehen. Morgaine..." Amanda weinte herzzerreissend und erzählte ihr, immer wieder von

Schluchzern geschüttelt, was sie im Traum gesehen hatte. Morgaine hielt sie und wiegte sie in ihren Armen, bis ihre Tränen verstummten. „Es war ein Traum. Und ein sehr wichtiger, Amanda!" „Aber du warst tot", sie brach wieder in Tränen aus. „Ich lebe doch, Amanda. Ich hatte nur einen kleinen Schwächeanfall gestern. Weisst du noch, was wir über Träume gesagt haben? Es sind Sinnbilder. Ich glaube, was du gesehen hast, ist ein Teil von mir, der gestorben ist. Ein Teil, den ich nicht mehr brauche, weil etwas anderes leben möchte. Und in dir ist ebenfalls etwas passiert, ein Teil ist geboren, der Leben möchte. Du kannst plötzlich sehr viel mehr verstehen und sehen als vorher. Das hast du doch geträumt, oder?" Amanda nickte. „Ich werde dich nicht verlassen! Niemals! Meine kleine Amanda!" „Sprich nicht...", begann Amanda „... nicht mit dir wie mit einem Kind! Ich weiss", ergänzte Morgaine. „Du hast Recht! Entschuldige!" Nun mussten beide schmunzeln. Morgaine fuhr fort: „Du bist kein Kind mehr. Du hast viel gelernt in letzter Zeit, du bist eine Frau! Eine erwachsene Frau! Eine viel reifere Frau! Und ich habe viel von dir gelernt. Ich habe gelernt, das Leben mehr zu geniessen! Das war das grösste Geschenk, das ich jemals bekommen habe!" Sie schwiegen. Amanda wurde ruhiger, ihr Atem wurde wieder regelmässiger. „Danke!", sagte Amanda. „Das ist sehr gerne geschehen, ich danke dir auch!" „Stürzen wir uns drauf!", rief Amanda plötzlich. Ihre Lebensgeister waren zurückgekehrt. „Worauf?", fragte Morgaine verwundert. „Auf's Leben!" „Ja, stürzen wir uns auf's Leben, geniessen wir es in vollen Zügen und hören dabei niemals auf zu lernen, zu suchen und uns besser zu sehen! Abgemacht?" „Abgemacht!"